W0195153

luftschacht

© Luftschacht Verlag – Wien
luftschacht.com

Alle Rechte vorbehalten
1. Auflage Juli 2023

Lektorat: Teresa Profanter
Umschlaggestaltung: Thomas Kriebaum
Satz: Lukas Pretzsch/ Thomas Kriebaum
        gesetzt aus der Scala
Druck und Herstellung: Finidr s.r.o.
Papier: Munken Print Cream v 1,5 100 g/m², Bilderdruck 350 g/m²

Gefördert von Land Niederösterreich Kultur

ISBN: 978-3-903422-29-2
ISBN E-Book: 978-3-903422-30-8

Rosemarie Eichinger

Der tollkühne THEOPHIL

mit Illustrationen von
Thomas Kriebaum

Luftschacht Verlag

Theophil, der Ängstliche

Das Haus der Familie Ringelblum sah nicht aus wie andere Häuser. Andere Häuser waren mehr oder weniger rechteckig mit einem Dach obendrauf. Das Haus der Ringelblums hingegen war eigentlich gar kein richtiges Haus. Es war mehr ein windschiefes Gebilde aus nebeneinander und übereinander gestapelten ovalen Waben. Jedes Zimmer war eine eigene Wabe, verbunden durch Glasgänge oder Wendeltreppen, je nachdem, ob man hinauf und hinunter oder von einer Seite zur anderen gelangen wollte.

Karl und Karoline Ringelblum bauten alles, was man nur bauen konnte. Kathedralen, Schulen, Schwimmbäder, Krankenhäuser, Bahnhöfe oder auch Baumhäuser, die sich über zehn Bäume erstreckten, und eine dreistöckige Hundehütte für den vierbeinigen Liebling eines Sultans. Die Ringelblums waren nämlich Architekten mit Leib und Seele. Architekten, die nach Höherem strebten. Nach dem Höchsten überhaupt. Die Ringelblums wollten unbedingt in die Architekturgeschichte eingehen. So jemand konnte natürlich nicht in einem stinknormalen Haus wohnen.

Als ihr Sohn Theophil geboren wurde, bauten sie eine grüne Wabe obendrauf, ganz für ihn allein. Als Theophil sechs Jahre alt war, bekam er einen Hund, eine rotgelockte Königspudeldame namens Minerva. Also kam eine weitere Wabe dazu, in demselben Rostrot wie das Fell der Hündin. Die Hundewabe war vollständig mit einem weichen Polster ausgelegt und über einen kleinen Steg mit Theophils Reich verbunden.

Und weil Architekten, die in die Architekturgeschichte eingehen wollten, unheimlich viel entwerfen und bauen mussten, wurde irgendwann eine weitere Wabe angebaut. In diese zog Theophils Kindermädchen aus Finnland ein. Ihr Name war Lumi und sie sprach mit einem lustigen Akzent. Ihre Wabe wurde hellblau-weiß gestrichen, wie die finnische Nationalflagge. Sogar eine kleine Sauna hatten sie ihr angebaut, weil Finnen ohne Sauna über kurz oder lang ziemlich unglücklich werden. So wuchs das Haus und wuchs, bis die Nachbarn sich fragten, ob dieses seltsame Hausgebilde wohl irgendwann bis in ihren Garten wuchern würde.

Theophil war ein ruhiges Kind und wuchs still, beinahe unbemerkt heran. Wenn er traurig war, sah er aus wie seine Mutter, und wenn er schlief, wie sein Vater. Er hatte viele Ähnlichkeiten mit seinen Eltern, nur mit Architektur hatte er nichts am Hut. Er wollte viel lieber lernen, wie man regenbogenfarbene Zuckerwatte herstellte oder Lollys, die aus fünf verschiedenen Schichten mit fünf verschiedenen Geschmacksrichtungen bestanden, oder Karamell-Toffees, die nicht in den Zähnen kleben blieben.

Theophil liebte seine Wabe, doch hätte er sie wahrscheinlich noch viel lieber gemocht, wenn sie aus einem überdimensionalen Marshmallow gemacht wäre. Nach und nach hätte er sich einen Platz zum Schlafen erfuttert, einen zum Lesen, Platz für seinen Schreibtisch und für seinen Kleiderschrank. Und wenn er ein Regal brauchte, hätte er einfach eine Scharte in die Wand geknabbert. Ein Marshmallow-Waben-Zimmer wäre ganz und gar wunderbar weich und würde stets nach Zucker duften.

Theophil träumte von seinem eigenen Labor, in dem er all die Dinge herstellen konnte, die ihm das Wasser im Mund zusammenlaufen ließen. Himmlisch schmeckendes Zuckerzeug, das er genüsslich verputzen konnte, während er seine Nase in ein spannendes Buch steckte.

Wovon er nicht träumte, waren Ferien mit seinem Opa Waldemar. Nicht etwa, weil er seinen Großvater nicht mochte. Er war ein netter Mann, lustig und der Traum jedes normalen Enkelkindes. Leider war Theophil kein normales Enkelkind. Und sein Großvater war ganz furchtbar abenteuerlustig. Schließlich war er in seinem früheren Leben Zirkusartist gewesen. Und nicht etwa Clown oder Schlangenbeschwörer, sondern Seiltänzer und Trapezkünstler. So ein Mann hatte jede Menge Nervenkitzel und Akrobatik im Blut und konnte natürlich nur schwer stillsitzen.

Theophil liebte es, stillzusitzen und von wilden Abenteuern zu lesen. Er verschlang Geschichten von bösen

Zauberern, Hexen, Drachen und Dinosauriern, von Riesen, sprechenden Bären und Trollen. Er sah sich außerdem gerne Detektivserien an oder japanische Zeichentrickfilme. Manchmal lag er auch bäuchlings im Gras und beobachtete Ameisen bei ihrem emsigen Treiben oder Bienen bei der Arbeit. Theophil war träge, vielleicht sogar ein wenig faul, und wenn es nach ihm ginge, würde das auch so bleiben.

Sein Großvater hatte diese fixe Idee, Kinder müssten sich regelmäßig bewegen, durch die Gegend springen, wie von einem wilden Affen gebissen, und aufregende Abenteuer erleben. Von aufregenden Abenteuern hielt Theophil allerdings nicht viel. Dabei zerriss man sich die Hosen, holte sich Beulen und womöglich sogar Zecken.

Natürlich war Theophil kein Angsthase, sondern vielmehr vernünftig. Aufgeschürfte Knie brannten schließlich wie Feuer und wer brauchte das schon? Auf Bäume zu klettern, konnte mit gebrochenen Knochen enden und war darüber hinaus auch noch unheimlich anstrengend. Vor wilden Tieren hielt man sich tunlichst fern, schließlich wurden sie nicht umsonst als wild bezeichnet. Einen Löwen zu bändigen, kam für ihn nicht infrage, sofern es sich nicht um einen Ameisenlöwen handelte. Der Junge liebte die Langeweile, weil er sich währenddessen nicht auch nur eine Minute langweilte. Er fühlte sich dabei geborgen, sicher und rundum wohl.

Großvater Waldemar bedeutete Rambazamba, jede Menge Aufregung und Kampf gegen die Naturgewalten. Spaziergänge bei Regen oder Radpartien bei sengender Hitze standen auf der Tagesordnung. Der alte Mann hatte ein selbst gebautes Mini-U-Boot, ein selbst gebautes Segelboot, ein Motorrad, an das er selbst einen Beiwagen geschweißt hatte, und einen selbst gebauten Drachenflieger, mit dem er in schwindelerregenden Höhen herumflog. Und dort hatte man nun wirklich nichts verloren, wenn man nicht von Haus aus Flügel hatte. Sein Großvater hatte aber in allen Winkeln und Ecken der Welt etwas verloren. Er kletterte überall hinauf und überall hinein und baute grundsätzlich alles mehr oder weniger selbst. Irgendwann flog er wahrscheinlich in einer selbst gebauten Rakete zum Mond.

Theophil misstraute diesen zusammengeschraubten Geräten grundsätzlich, bis auf die fantastische selbst gebaute Frühstücksmaschine. Sie bereitete auf Knopfdruck Kakao, gerösteten Toast und Spiegeleier zu. Man musste nur alles oben hineinwerfen und drei Minuten später kam das perfekte Frühstück dann fix und fertig unten wieder heraus.

Theophil und sein Großvater hätten nicht gegensätzlicher sein können. Das fing schon bei der Größe an. Waldemar Ringelblum war ein Meter neunundachtzigdreiviertel und spindeldürr. Theophil hingegen war lediglich ein Meter vierundvierzigeinhalb und ein ganz klein wenig rundlich. Den alten Ringelblum schreckte nichts und den jungen so ziemlich alles. Der Enkel fürchtete sich vor spitzen Dornen, Spinnen, wild gewordenen Waschbären, hohen Bäumen, tiefen Gruben, vor reißenden Bächen, heftigen Gewittern und sengender Hitze, vor Wespen, Brennnesseln und Schmetterlingen, weil die unter dem Mikroskop geradezu monströs aussahen. Eine Liste, die man endlos weiterführen konnte. Sein Großvater fand alles auf der Welt unheimlich spannend, aufregend und spektakulär.

Stürme waren dazu da, um sich von ihnen davontragen zu lassen, Stromschnellen, um einen wilden Ritt zu erleben, und in einem Lavastrom konnte man ausgezeichnet Marshmallows rösten, vorausgesetzt, sie steckten auf einem Stock, der lang genug war, um einen angemessenen Sicherheitsabstand einzuhalten.

Theophil war zwar ein Fan von gerösteten Marshmallows, von Lava spuckenden Vulkanen allerdings nicht. Ferien mit Großvater Waldemar erschienen ihm daher nicht gerade verlockend. Doch wie es aussah, stand ihm genau das bevor.

Es war der erste Morgen seiner Ferien. Er setzte sich auf die Wendeltreppe, drückte den Knopf, mit dem man die Stufen umklappen konnte, wenn man es eilig hatte oder zum Stufensteigen zu faul war. Eine geradezu famose Erfindung seines Vaters. Dann rutschte er schnurstracks in die Küche und landete direkt beim Frühstückstisch. Seine Eltern saßen schon bereit. Sie lächelten über ihre dampfenden Tassen hinweg. An seinem Platz stand eine große Portion Waffeln mit Erdbeeren. Nichts ahnend begann der Junge zu essen.

„Du hast jetzt Ferien", stellte seine Mutter fest. Theophil nickte nur und mampfte weiter.

„Wir haben ja leider keine Ferien", sagte sein Vater.

Theophil nickte wieder und stopfte sich den nächsten Bissen in den Mund.

„Wir müssen in den afrikanischen Dschungel fliegen und am Okavango ein Pfahlbau-Krankenhaus bauen", erklärte seine Mutter.

Theophil nahm einen Schluck Kakao. Okavango! Afrikanischer Dschungel! Das klang nach Viechern, die beißen, stechen oder unter die Haut kriechen und alle möglichen Krankheiten übertragen konnten.

„Und Lumi muss an der Luftgitarrenweltmeisterschaft in Oulu teilnehmen", fuhr sein Vater fort.

„Ulu?", fragte Theophil mit vollem Mund.

„Oulu ist eine Stadt in Finnland. Dort wird die alljährliche Luftgitarrenweltmeisterschaft ausgetragen", erklärte sein Vater.

Theophil hatte seinem Kindermädchen hin und wieder beim Training zugesehen. Die Musik war dann himmelschreiend laut. Lumi zappelte und zuckte, als hätte sie in die Steckdose gegriffen und spielte eine nicht vorhandene Gitarre. Am Ende hatte sie ihr unsichtbares Instrument auch noch auf einer unsichtbaren Bühne zertrümmert.

„Nun ja ..." Sein Vater räusperte sich. „Dein Großvater Waldemar freut sich auf jeden Fall schon sehr auf dich", sagte er und lächelte.

Wenn die Waffeln nicht so gut geschmeckt hätten, wären sie Theophil wahrscheinlich im Hals stecken geblieben.

„Muss ich wirklich dahin?", fragte er.

„Du *musst* nicht", sagte sein Vater. „Du *darfst* dahin. Das ist etwas anderes."

„Dein Großvater ist doch ein lustiger Mann", warf seine Mutter ein.

„Eben", seufzte Theophil.

„Das wird bestimmt toll", wischte Karoline Ringelblum die Bedenken ihres Sohnes beiseite.

Vielleicht würde es ja gar nicht so schlimm werden, versuchte Theophil sich zu trösten. Seit er seinen Großvater das letzte Mal gesehen hatte, waren immerhin beinahe fünf Monate vergangen. Der Mann war also wieder ein wenig älter geworden. In ein paar Monaten konnte viel passieren. Großvater Waldemar konnte ruhiger geworden sein. Vielleicht saß er mittlerweile ja gern in seinem Lehnstuhl, las Zeitung oder ein dickes Buch, hörte Musik und trank Tee, wie sich das für einen über Siebzigjährigen gehörte. Das konnte durchaus sein, beruhigte sich Theophil, auch wenn er wusste, wie unwahrscheinlich das war.

Ruhe vor dem Sturm

Theophil mochte Ferien, sofern er zu Hause bleiben durfte und machen, was er wollte. Meistens klappte das ganz gut, schließlich hatte er ja Lumi, die ihm Gesellschaft leistete. Lumi liebte Theophil. Er war das anspruchsloseste Kind, für das sie jemals verantwortlich war. In den Ferien, wenn es keine Hausaufgaben zu machen gab, lagen die beiden oft nebeneinander auf Gartenstühlen unter dem Sonnenschirm. Sie unterhielten sich über alles Mögliche, das ihnen in den Sinn kam. Ob Kühe sich auf der Milchstraße wohlfühlten? Ob Löwenbändiger auch Ameisenlöwen bändigten? Oder ob man an einer riesigen Kaugummiblase hängend zur Schule fliegen konnte?

Wenn ihnen nicht nach reden war, lasen sie oder dösten vor sich hin. Jede Menge Spaß, aus dem jetzt nichts wurde. Theophil fuhr zu Großvater Waldemar und Lumi nach Finnland. Das machte beide ein wenig traurig. Deshalb drückte Lumi Theophil mindestens einmal am Tag und versicherte ihm, dass sie bald wieder zusammen sein würden. Dann gab es wieder finnische Köstlichkeiten wie fischige Kalakukko, zimtige Korvapuusti, und eine große Portion Leipäjuusto, einen herrlich schmeckenden Quietschkäse.

Der hieß so, weil es komisch quietschte, wenn man hineinbiss.

Karl und Karoline Ringelblum fanden ja kaum Zeit für Urlaub. Darüber war Theophil eigentlich ganz froh, denn wenn seine Eltern doch einmal auf Urlaub fuhren, schleppten sie ihn von einer architektonischen Sehenswürdigkeit zur nächsten. Er war schon in unzähligen Kirchen und Kathedralen gewesen, am Eiffelturm, am Schiefen Turm von Pisa und das Empire State Building in New York hatte er zu Fuß hinaufmarschieren müssen. Die ganzen 102 Stockwerke! Dann musste er sich Vorträge über Baugeschichte und Statik anhören und wurde schließlich jedes Mal von furchtbarem Heimweh geplagt.

In den letzten Tagen bevor Theophil zu seinem Großvater verfrachtet wurde und seine Eltern nach Afrika aufbrachen, herrschte in den Waben der Ringelblums ein himmelschreiendes Durcheinander. Wäschestapel türmten sich, Koffer lagen aufgeklappt bereit und wurden nach und nach befüllt, Baupläne bedeckten Sofas, Tische und Böden. Ein regelrechter Hindernislauf! Die Ringelblums kletterten, sprangen oder schwangen an Deckenlampen über sonst unüberwindbare Haufen.

Inmitten all der Vorbereitungen kam Theophil allerdings nicht zu kurz. Das lag vor allem an dem schlechten Gewissen, von dem seine Eltern bisweilen geplagt wurden, weil sie so viel arbeiteten.

Damit der Junge also auf seine Kosten kam, ging man zwischen all der Packerei mit ihm ins Kino, zum Minigolf, in den Eissalon, ins Naturkundemuseum und setzte mit ihm ein Puzzle mit 1500 Teilen zusammen. Es zeigte den Stadtplan von London. Ein Wirrwarr aus verschiedenfarbigen Linien. Die Ringelblums waren ganz und gar in ihrem Element. Nur Lumi schüttelte den Kopf. Sie trug eine dicke Brille und jedes Puzzlestück sah nahezu gleich für sie aus.

Für Theophil hätte es ewig so weitergehen können. Doch das tat es natürlich nicht. Irgendwann war der letzte Teil in das Puzzle gesetzt, die Koffer waren bis obenhin vollgestopft und zugeklappt, die Pläne zusammengerollt und in langen Kartonröhren verstaut. Man konnte wieder ungehindert durch die Waben gehen. Die Haufen und Stapel waren verschwunden.

Es blieb also nur noch, das Haus sturm- und regenfest zu machen. In fünf Wochen konnte schließlich alles Mögliche passieren. Wirbelstürme, Orkane oder Vulkanausbrüche. Man konnte nie wissen. Falls eine Springflut über das Land hereinbräche, würden Stelzen aus der Erde wachsen und die Waben in Sicherheit heben. Die Ringelblums waren gerne auf alles vorbereitet. Das Haus sollte schließlich noch stehen, wenn sie wiederkamen.

Zur Abschreckung von Einbrechern borgten sie sich Hermine aus. Hermine war Onkel Friedrichs sechseinhalb

Meter lange Anakonda. Die hatte dann all die Waben für sich allein. Lumis Sauna-Wabe wurde sogar geflutet, weil Anakondas besonders gern im Wasser liegen. An die Tür wurde ein großes Foto von ihr geheftet mit der Aufschrift:

Hier wache ich!

Hermine war eine ganz ausgezeichnete Wächterin und ziemlich genügsam obendrein. Onkel Friedrich hatte sie ordentlich gefüttert. Die nächsten Wochen brachte das Tier mit Verdauen zu. Das wussten mögliche Einbrecher glücklicherweise nicht.

Theophil mochte Hermine, weil sie meistens irgendwo herumlag. Zu nahe kommen würde er ihr trotzdem niemals. Wenn ihr der Sinn danach stand, konnte sie ihn mit Leichtigkeit so zusammenquetschen, dass sein Frühstück einfach wieder oben hinausploppte. Dann würde er im Gesicht erst rot und schließlich blau anlaufen, bevor seine Augen herausquollen und ihm unwiderruflich die Luft ausging. Darauf konnte er getrost verzichten.

Trotzdem gefiel ihm Hermines olivgrüne Haut und er mochte es, dabei zuzusehen, wie sein Onkel sie in einer Kiste heranschaffte. Hermine wog 130 Kilogramm.

Da gab es eine Menge Ächzen und Stöhnen, Zerren und Ziehen, wenn sie von einem Ort zum anderen transportiert wurde. Karl und Karoline Ringelblum fassten dabei immer tatkräftig mit an, schoben und hoben, bis man die Schlange ins Haus bugsiert hatte.

Schließlich war es so weit. Theophils Eltern gingen noch einmal um ihr geliebtes Wabenhaus herum, kontrollierten die Fensterläden und schalteten den Roboterrasenmäher ein, damit er immer fleißig seine Runden drehte.

Theophil zog müde und lustlos seinen großen Rollkoffer zum Auto. Es waren vor allem Bücher in dem Koffer, feste Schuhe, wetterfeste Kleidung und jede Menge

Schoko-Minzblättchen, ohne die Theophil nur sehr ungern das Haus verließ. Hinter ihm zog Minerva ihren Rollkoffer zum Auto. Darin lagen das große Kissen, auf dem sie schlief, fünf Packungen ihrer Lieblingshundekekse, ihr Gummihuhn und ihre Plüschkatze, ohne die die Hündin nur sehr ungern das Haus verließ.

Karl Ringelblum klatschte aufmunternd in die Hände und hievte das Gepäck in den Kofferraum.

„Dann kann's ja losgehen", rief er in einem Tonfall, als würden alle zu einem großen Abenteuer aufbrechen und könnten sich nichts Tolleres vorstellen.

Theophil war ein bisschen mulmig zumute. Bestimmt hatte sein Großvater mittlerweile die ausgefallensten Pläne geschmiedet, um seinem Enkel eine großartige Zeit zu bereiten. Vier Stunden Autofahrt trennten Theophil noch von Aufregung und Rambazamba. Vier Stunden, in denen er nichts anderes tun wollte, als still zu sitzen und der Landschaft beim Vorbeiziehen zusehen.

Die geheime Tür

Vier Stunden war Theophil also noch von seinem Ziel entfernt. Vier Stunden, in denen Waldemar Ringelblum 150 Kniebeugen gemacht hatte, 100 Klimmzüge, zehn Minuten Seilspringen hinter sich gebracht und einen Willkommensgugelhupf gebacken hatte. Dann blieben ihm immer noch zwei Stunden übrig. Er jätete das Karottenbeet, pflückte Erdbeeren, putzte die Fenster und schlug 35 Räder rund ums Haus.

Als die Ringelblums vier Stunden später aus dem Auto stiegen, hing Großvater Waldemar kopfüber vom Apfelbaum. Kein gutes Zeichen, wie Theophil fand. Der alte Mann winkte freudig, nahm ein paarmal ordentlich Schwung und ließ sich dann vom Ast fallen. Einfach so. Erstaunlicherweise landete er mühelos federnd auf den Füßen.

„Hallo miteinander!", rief er, öffnete das Gartentor und im nächsten Moment wirbelte er Theophil schon durch die Luft. „Mein geliebter Enkel!", jubelte er. „Was freu ich mich, dass du mich besuchen kommst."

„Opa", würgte Theophil hervor. „Bitte! Ich muss mich gleich übergeben." Der alte Ringelblum lachte und stellte seinen Enkel auf den Boden zurück.

Dann umarmte er Theophils Eltern und schließlich wandte er sich dem Hund zu. Er verbeugte sich und sagte: „Eure Majestät, Prinzessin Minerva."

Dann fuchtelte er mit den Händen herum, wie das die Leute früher gemacht haben, wenn sie irgendeinem wichtigen König oder irgendeiner wichtigen Königin begegnet sind. Schließlich richtete er sich wieder auf und schnalzte mit der Zunge. Die Pudeldame geriet beinahe außer sich vor Freude, sprang an ihm hoch und leckte ihm über das Gesicht. Sie liebte Großvater Waldemar, Abenteuer und Rambazamba, lief Berge mühelos hinauf und hinunter, ohne dass ihre Frisur auch nur ein bisschen durcheinandergeriet. Beim letzten Besuch hatte er ihr sogar beigebracht, auf einem Drahtseil zu tanzen und einen Ball auf der Schnauze zu balancieren.

„Verräterin", raunte Theophil und zog seinen Koffer in Richtung des Hauses.

Karl und Karoline Ringelblum blieben noch eine Stunde, aßen frische Erdbeeren mit Rahm und Gugelhupf. Dann brausten sie davon und ihr Sohn blieb zurück.

„Na, na", tadelte Großvater Waldemar. „In deinem Alter schaut man davonfahrenden Eltern nicht so traurig nach. Du kommst bestimmt ganz hervorragend ohne sie zurecht."

Theophil lächelte tapfer. Er wollte seinen Großvater nicht kränken.

„Ich hab mir auch etwas ganz Besonderes zur Begrüßung einfallen lassen. Wir müssen dafür nur einen kurzen Ausflug machen und einen *kleinen* Berg hinaufsteigen."

„Einen kleinen Berg hinauf?" Theophil schauderte.

„Aber ja, kein richtiger Berg, im Grunde nicht viel mehr als ein Hügel."

„Und was machen wir dort oben?"

„Das ist das Beste an dem ganzen Spaß." Sein Großvater rieb sich die Hände. „Dort oben ist ein Adlernest."

„Und?"

„Was denkst du denn? Wir werden natürlich ein Ei stehlen, vielleicht auch zwei. Wir brauchen ja für unser morgiges Frühstück ordentliche Spiegeleier."

Theophil wurde bleich. Das war viel schlimmer, als er sich das ausgemalt hatte. Sein Großvater war offenbar übergeschnappt und seine Eltern waren schon am Weg zum Okavango. Adlereier klauen! Er hatte ja schon Angst, in den Hühnerstall zu gehen. Auf zornige Adler konnte er getrost verzichten. Das Ganze war so absurd, dass es dem armen Jungen die Sprache verschlagen hatte.

Großvater Waldemar begann zu kichern, bis er schließlich schallend lachte.

„Du müsstest dein Gesicht sehen", keuchte er. „Zum Schreien komisch." Er klopfte sich auf die Schenkel. „Ganz bleich bist du geworden."

„Ähh ..." Theophil verstand nicht, was so komisch war.

„Dir kann man aber auch jeden Blödsinn auftischen", schniefte der alte Mann und lachte weiter. „Adlereier klauen!", gluckste er und schüttelte den Kopf.

„Ich verstehe nicht", sagte Theophil. „Werden wir denn keine Adlereier vom Berg holen?"

„Natürlich nicht! Wir stehlen doch armen Adlern nicht ihre Eier. Da sind immerhin ihre Kinder drin. So etwas gehört sich nun wirklich nicht, oder?" „Nein", pflichtete ihm Theophil bei. Auch wenn sein Großvater mitunter seltsame Vorstellungen davon hatte, was sich gehörte und was nicht.

„Eben." Opa Waldemar wischte sich die Tränen ab und gluckste noch einmal abschließend.

„Aber ...?" Theophil graute vor der Antwort.

„Ich wollte dich nur auf den Arm nehmen." Waldemar Ringelblum blickte seinen Enkel an. „Ein wenig für dumm verkaufen. Verkohlen. Veräppeln. Hinters Licht führen."

„Schon gut", unterbrach ihn Theophil. „Ich hab verstanden."

„Schön", sagte sein Großvater. „Natürlich hab ich mir trotzdem einen kleinen Willkommensgruß ausgedacht."

Theophil nickte kaum merklich. Natürlich. Wahrscheinlich musste er jetzt auf einen hohen Berg klettern und Geiereier klauen.

„Keine Angst. Ich habe mir etwas einfallen lassen, das ganz nach deinem Geschmack sein dürfte.

Ich weiß ja, dass du dich nicht so gerne in der freien Wildbahn herumtreibst, also hab ich dir hier im Haus ein dickes Buch, eine Dinosaurier-DVD und eine Packung Popcorn versteckt." Er wollte seinen Enkel ja nicht gleich bei der Ankunft verschrecken und im Haus musste man keine Gipfel erklimmen. Man zerriss sich die Hose nicht an Dornen. Man kämpfte nicht gegen giftige Riesenspinnen. Trotzdem sollte der Junge sich zumindest ein bisschen mehr bewegen. Alle Kinder sollten sich mehr bewegen, wenn man Waldemar Ringelblum fragte.

„Im Haus?" Theophil suchte nach dem Haken. „Im Keller womöglich?" Ihm schauderte bei dem Gedanken an Spinnweben und Kellerasseln. Feucht, kalt und dunkel war es dort unten obendrein.

„Na ja, den Keller kannst du dir ja bis zum Schluss aufsparen, wenn du sonst schon alles abgesucht hast." Der alte Mann zwinkerte.

Also begann Theophil zu suchen. Sein Großvater hatte sich schließlich Mühe gegeben, ihm eine Freude zu machen. Und eine Suchaktion im Haus fand er gar nicht so übel. Hätte er nämlich alles gefunden, konnte er es sich mit den Sachen gemütlich machen.

Als Erstes fand er das Buch. Hinter der Mikrowelle in der Küche. Das Popcorn steckte in einem leeren Blumentopf, die DVD allerdings konnte er einfach nicht entdecken. Minerva war keine große Hilfe. Sie ließ sich lieber von

Großvater Waldemar den Bauch kraulen, anstatt ihr Herrchen bei seiner Suche zu unterstützen.

Als er zum zweiten Mal sein Zimmer durchstöberte, fiel ihm etwas auf, das hinter dem Schrank zu klemmen schien. Er stemmte den Besenstiel zwischen die Wand und den Schrank und schob diesen dann auf einer Seite so weit von der Wand weg, dass er dahinter blicken konnte. Es war aber keine DVD, die dort versteckt war, sondern eine kleine Tür. Vielleicht ein Tresor oder eine Geheimtür.

Theophil grübelte, was er da wohl entdeckt haben mochte. Die Tür war auf jeden Fall verschlossen. Wer weiß, am Ende war die DVD ja ausgerechnet hinter dieser Tür versteckt.

„Ist wohl eine Art Tresor", erklärte sein Großvater. „Ich hab ihn vor Jahren bei der Renovierung freigelegt. Er war also schon da, bevor ich eingezogen bin."

„Und was war drin?", wollte Theophil wissen.

„Keine Ahnung", sagte Opa Waldemar „Ich habe ihn nie geöffnet."

„Wie bitte?" Theophil war bass erstaunt. Wenn man eine geheime Tür in der Wand fand, wollte man doch wissen, was sich dahinter verbarg. Da könnte ja alles drin sein.

„Wir sollten ihn öffnen", verlangte er sofort, weil er vor Neugierde schier platzte.

Sein Großvater schüttelte allerdings den Kopf.

„Wozu denn?"

„Um zu erfahren, was drinnen ist", sagte Theophil. Das verstand sich ja von selbst.

„Womöglich das falsche Gebiss meines Großvaters", meinte der alte Mann.

„Ich dachte, die Tür sei schon da gewesen, als du eingezogen bist?"

„Also gut. Dann eben das falsche Gebiss des Großvaters desjenigen, der hier gewohnt hat."

„Warum sollte jemand ein falsches Gebiss in einem Wandtresor aufbewahren?" Das konnte Theophil sich beim besten Willen nicht vorstellen.

„Vielleicht ist ja auch gar nichts drin und wir finden nur verschrumpelte kleine Mäusemumien."

„Oder das Gemälde eines berühmten Malers, das Millionen wert ist", konterte Theophil.

„Aber wenn wir nicht nachschauen, könnte es alles sein. Sogar die Kronjuwelen der englischen Königin. Diese Vorstellung gefällt mir. Dann könnten wir so tun, als hüteten wir einen Schatz."

Theophil gab auf. Sein Großvater wollte diese Tür ganz offensichtlich nicht öffnen. Also machte er sich wieder auf die Suche. Die DVD fand er schließlich auf der Innenseite der Kellertür. Zum Glück hatte er sie noch bemerkt, bevor er die dunklen Stufen hinunterstieg.

Nachts wälzte Theophil sich hin und her. Unheimliche Träume plagten ihn. Unheimliche Träume von der geheimen Tür.

Als er bei Tagesanbruch schließlich aufwachte, starrte er auf den Schrank, der sich im morgendlichen Zwielicht langsam aus der Dunkelheit wölbte.

Er würde nur zu gerne wissen, was sich dahinter verbarg. Vielleicht war es ja die Beute eines Banküberfalls, der schon vor über hundert Jahren verübt worden war. Oder ein Familiengeheimnis, von dem niemand erfahren durfte. Vielleicht lag ja auch das Skelett eines Kindes darin, das sich beim Spielen dort versteckt hatte und niemals gefunden worden war. Oder aber – man las ja immer wieder in Büchern von dieser Möglichkeit – es war das Tor zu einer anderen Welt.

Skelette und andere Welten machten Theophil Angst. Er kroch unter der Decke hervor und schlich zu seinem Großvater. Unentschlossen stand er vor dessen Bett und wartete. Bestimmt würde er gleich aufwachen, dachte Theophil.

Der Junge sah auf die Uhr. Kurz vor fünf. Da könnte sein Großvater durchaus aufwachen. Theophil stand also da und wartete, doch der alte Mann schnarchte leise vor sich hin. Er schlief tief und fest. Also räusperte sich Theophil, dann scharrte er mit den Füßen und schließlich schnalzte er noch mit seiner Zunge. Es half aber alles nichts. Das Schnarchen ging weiter.

„Großvater!", flüsterte Theophil. Dann noch einmal, nur etwas lauter. Schließlich stupste er ihn an der Schulter.

Großvater Waldemars Augenlider flatterten und öffneten sich langsam. „Wo brennt's denn?", fragte er.

Theophil blickte ihn verwirrt an. „Nirgends", antwortete er.

„Warum weckst du mich dann?"

„Wir müssen nachschauen, was hinter dieser Tür ist", erklärte Theophil mit fester Stimme.

Sein Großvater rieb sich die Augen. „Hat das nicht noch Zeit?", fragte er.

„Nein." Theophil wollte keine Minute länger warten.

„Du bist doch sonst nicht so abenteuerlustig", murrte sein Großvater.

Theophil zuckte mit den Schultern. So sah ein Abenteuer nach seinem Geschmack nun einmal aus. Eine kleine geheime Tür genau vor seiner Nase. Kein Drache, den man dafür besiegen, keine Wüste, die man durchqueren musste. Außerdem würde er keine Nacht mehr in diesem Zimmer verbringen können, wenn er nicht wusste, was sich hinter dieser Tür verbarg. Er wollte auf keinen Fall Wand an Wand mit einem Skelett schlafen.

„Vielleicht wohnt ja ein Vampir dahinter", wandte sein Großvater ein. „Der beißt uns womöglich, wenn wir ihn wecken."

Theophil rannte in die Küche und holte den geflochtenen Knoblauchkranz von der Wand. „Nur zur Sicherheit", sagte er, als er wieder vor dem Bett seines Großvaters stand.

Waldemar Ringelblum seufzte. Insgeheim freute er sich aber, weil sein Enkel so aufgeregt war. Also stand er auf und hängte sich einen Teil des Knoblauchs um. Den Rest nahm Theophil. Dann marschierten sie ins Zimmer, schoben den Schrank zur Seite und machten sich ans Werk.

So ein Tresor war allerdings eine knifflige Angelegenheit, wenn man keinen Laserblick wie Superman hat, mit dem man ein Loch hineinschneiden kann. Eine Stunde lang mühten sich die beiden furchtbar ab. Mit Hammer und Meißel, mit Gabel und Scheren, sogar mit einem Stethoskop, das Großvater Waldemar an das Metall der Tür legte, um die Zahlenkombination herauszufinden. Erfolglos.

„Jetzt reicht's!", brummte der alte Mann schließlich. „Hier müssen wir wohl stärkere Geschütze auffahren."

Dann verschwand er und Theophil blieb ratlos zurück. Als sein Großvater schließlich wiederkam, trug er einen Helm mit Gesichtsschutz und ein Schweißgerät.

„Geh zur Seite, Theophil!", befahl er. „Jetzt wird es hier gleich ziemlich heiß werden."

Der Junge setzte sich aufs Bett und streichelte Minerva, die immer noch zusammengerollt am Fußende lag. Als waschechte Prinzessin war sie ein ziemlicher Morgenmuffel und kaum ansprechbar, bevor sie nicht ihre ersten Hundekekse im Magen hatte.

Und schließlich, nach weiteren zehn Minuten, plumpste die Tür aus der Wand auf den Boden.

„Voilà!", rief Großvater Waldemar.

Theophil sprang vom Bett. „Dann schauen wir mal nach, was drin ist."

Theophils Großvater beugte sich vor die Öffnung und leuchtete mit einer Taschenlampe in das dunkle Loch. „Vampir ist schon mal keiner drin", stellte er klar. „Und auch keine Knochen oder Mumien."

Er ließ den Lichtstrahl in jeden Winkel wandern und griff schließlich hinein. Theophil hielt den Atem an. Als sein Großvater sich endlich umdrehte, hielt er ein kleines Kästchen in der Hand.

„Was ist da wohl drin?" Theophil blickte seinen Großvater aufgeregt an.

„Keine Ahnung. Möchtest du als Erster hineinschauen?", fragte der seinen Enkel.

Theophils Hände zitterten leicht, als sein Großvater ihm den mysteriösen Fund überreichte. Das Holz fühlte sich ganz glatt an und hatte eine schöne Verzierung an der Oberseite, einen Drachen, der gerade seine Flügel spreizte. Der Metallverschluss an der Seite war etwas rostig. Er quietschte ein wenig, als Theophil ihn nach oben klappte. Mit einem kleinen Ruck öffnete sich das Kästchen.

·

Die Gummischlangen-Falle

Nach all der Aufregung wurde erst einmal ordentlich gefrühstückt. Danach zog Theophil das Kästchen wieder zu sich heran und klappte es auf.

Eigentum von Antonia Lind

stand auf der Innenseite des Deckels.

Im Inneren des Kästchens befanden sich eine goldene Kette mit einem Medaillon und ein kleines Glasfläschchen.

Theophil betrachtete alles lange und konzentriert. Vielleicht konnte ihm ja das allwissende Internet einen Hinweis darauf geben, was es mit dieser Antonia Lind auf sich hatte. Es dauerte eine Weile, doch schließlich fand er das Bild einer Frau, die aussah wie diejenige auf dem Fanilienportrait in dem Medaillon.

„Hier steht, dass sie Botanikerin war."

„Es könnten Samen in dem Fläschchen sein", stellte sein Großvater fest und schüttelte es sanft.

„Sie hatte eine Tochter namens Ophelia", las Theophil weiter vor.

„Das Bild des kleinen Mädchens im Medaillon", vermutete sein Großvater.

„Sie ist offenbar verschwunden."

„Die Tochter?"

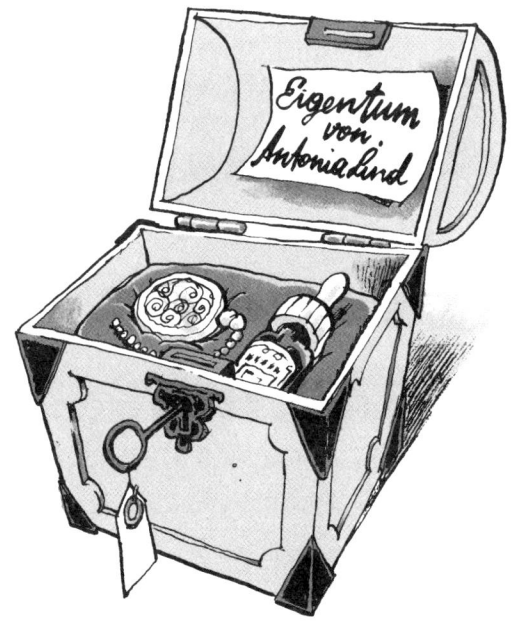

„Nein", sagte Theophil und schaute seinen Großvater an. „Die Mutter. Antonia Lind."

„Das arme Kind", sagte sein Großvater.

„Sie war gerade einmal vier Jahre alt, als ihre Mutter 1933 spurlos verschwunden ist, steht hier."

„Falls Ophelia noch lebt, müsste sie jetzt schon über neunzig sein", stellte sein Großvater fest.

„Sie lebt anscheinend noch", sagte Theophil. „Für diesen Artikel wurde sie wohl interviewt."

„Tatsächlich?" Sein Großvater rutschte neben Theophil und las mit.

„Antonia Lind war wohl so etwas wie eine Berühmtheit in ihrem Fach. "

„Was soll das bedeuten?" Theophils Neugier war geweckt.

„Keine Ahnung. Vielleicht hat sie irgendeine wichtige Entdeckung gemacht."

„Oder sie hat Pflanzen miteinander gekreuzt, die dann eine besondere Wirkung haben. Irgendein Unsichtbarkeitskraut", riet Theophil. „Oder die Früchte der Pflanze schmecken wie Schokolade und Fruchtgummi zusammen." Eine wunderbare Vorstellung und eine Erfindung, die seiner Ansicht nach längst überfällig war.

„Eine Heilpflanze, die Schnupfen über Nacht heilt, wär ganz nach meinem Geschmack", sagte sein Großvater.

„Es steht nicht da, was es gewesen ist. Nur, dass es wohl etwas mit ihrem Verschwinden zu tun gehabt hat."

„Es könnte um Spionage gehen oder sie ist irgendwelchen Verbrechern in die Quere gekommen. Hat etwas herausgefunden, das jemand um jeden Preis vor der Öffentlichkeit verheimlichen wollte."

Großvater Waldemar stand auf und rieb sich die Hände. „Es muss auf jeden Fall etwas Bedeutendes gewesen sein, wenn sie deswegen verschwunden ist. Und wir haben vielleicht das Einzige in Händen, was von dem Geheimnis geblieben ist."

Theophil blickte seinem Großvater fragend an.

„Na, das Fläschchen", sagte der alte Mann.

„Dann müssen wir es auf jeden Fall geheim halten", verlangte Theophil. „Wenn diejenigen davon erfahren, die Antonia Lind verschwinden ließen, sind sie vielleicht auch bald hinter uns her."

„Nach so langer Zeit sind diese Leute bestimmt nicht mehr am Leben oder zittrige Tattergreise. Mit solchen können wir es leicht aufnehmen." Sein Großvater schnaubte.

„Und wenn sie Teil einer Organisation waren?", gab Theophil zu bedenken. „Da kommen immer wieder neue nach. Oder eben Spione. Oder was weiß ich. Es klingt auf jeden Fall gefährlich." Er überlegte weiter. „Es könnte ja alles passiert sein. Es könnten andere Wissenschaftler gewesen sein, die den Ruhm für sich wollten. Sie könnte von Außerirdischen entführt worden sein. Oder die Frau ist in eine Gletscherspalte gefallen, als sie Bergsteigen war. Einfach so. Ein Unglücksfall."

Wenn jemand spurlos verschwand, gab es immer ein dunkles Geheimnis. Und dunkle Geheimnisse wollte Theophil nicht lüften. Sein Großvater aber schon.

„Na dann ...", sagte der alte Mann also.

„Was dann?" Theophil blickte verständnislos zu ihm auf.

„Na, was wohl?" Sein Großvater schüttelte den Kopf

über die Begriffsstutzigkeit seines Enkels. „Wir werden sie suchen", sagte er. „Ist doch wohl klar."

Für ein wildes Abenteuer war der alte Ringelblum natürlich sofort zu haben, der junge allerdings nicht.

„Sie ist vor über achtzig Jahren verschwunden", wandte Theophil ein. „Ich glaube nicht, dass wir da noch viel finden werden."

„Wir suchen natürlich nicht Antonia Lind, sondern ihre Tochter Ophelia."

„Warum denn?", wollte Theophil wissen.

„Immerhin besitzen wir ein Medaillon, das ihr gehört, und dann ist da ja auch noch das Fläschchen mit den Samen drin. Möglicherweise weiß sie ja, was das ist oder woran ihre Mutter gearbeitet hat."

„Aber woher sollen wir denn wissen, wo Ophelia heute lebt?"

„In dem Artikel im Internet stand doch etwas von einem großen Herrenhaus. Also sind diese Linds bestimmt eine bedeutende Familie, und bedeutende Familien in großen Herrenhäusern können ja wohl nicht so schwer zu finden sein."

„Vielleicht lebt sie ja nicht mehr dort", sagte Theophil.

„Das werden wir ja sehen, wenn wir da sind", wischte sein Großvater den Einwand beiseite und rieb sich die Hände. „Hurra!", rief er. „Ein Abenteuer, wie für uns gemacht." Theophil hasste Ausflüge ins Ungewisse und mit Spionen oder Verbrechern wollte er sowieso nichts zu tun haben.

Er blickte seinen Großvater an und verschränkte schließlich die Arme vor der Brust.

„Oh, nein!" Theophil schüttelte den Kopf. Da spielte er nicht mit. „Ich werde mich hier nicht wegbewegen", gab er mit fester Stimme bekannt.

Doch da lächelte Großvater Waldemar nur. „Wir werden sehen", sagte er. „Wir werden sehen."

Dann verschwand der alte Mann und Theophil hörte ihn herumkramen und hin und her laufen. Minerva trabte hinterher. Der Junge blieb jedoch ganz still am Tisch sitzen. Das konnte er ewig machen. Sein Großvater würde sich wundern.

Doch es war Theophil, der sich wunderte. Denn es verging eine Stunde, ohne dass der alte Mann sich wieder blicken ließ, und schließlich auch noch eine weitere. Theophil wetzte allmählich auf seinem Stuhl herum. Ob er wollte oder nicht, er musste langsam auf die Toilette. Als er es schließlich nicht mehr aushielt, verließ er seinen Platz. Im Haus war es ganz still. Von Minerva und seinem Großvater fehlte jede Spur. Schnell huschte Theophil ins Bad, und als er zwei Minuten später wieder herauskam, fiel ihm erst auf, was da auf dem Boden lag.

Vorsichtig trat er ein paar Schritte näher. Kein Zweifel, vor ihm lag eine Gummischlange.

Theophil liebte Gummischlangen, die gelben, die grünen, die orangen, die weißen und am allermeisten die roten.

Der Junge leckte sich die Lippen. Er hob die gelbe Schlange auf und steckte sie in seine Hosentasche. Einen halben Meter weiter lag eine grüne Schlange. Auch die sammelte er ein. Es kam ihm schon reichlich komisch vor, aber vielleicht wollte sein Großvater sich auf diese Art und Weise ja bei ihm einschmeicheln. Auf der Schwelle der offenen Eingangstür lag die nächste. Schritt für Schritt folgte Theophil der Gummischlangenfährte. Aus dem Haus hinaus, links vorbei, um die Ecke. Eine Schlange nach der anderen steckte er in seine Tasche und am Ende des Weges lag eine rote. Als er diese auch noch aufsammelte, blickte er hoch.

„Oh", sagte er und seufzte.

Ohne es zu merken, war er neben Großvater Waldemars Motorrad gelandet. Direkt neben dem selbst gebauten Beiwagen, genau genommen.

„Oh", wiederholte Theophil und schämte sich, weil er auf so einen plumpen Trick hereingefallen war. Sein Großvater stand jetzt dicht hinter ihm.

„Du hast mich in die Falle gelockt", sagte er.

„Natürlich", bestätigte sein Großvater, als er ihn in den Wagen setzte.

„Ich bin viel zu jung für so etwas wie eine Verbrecherjagd oder eine Spionagegeschichte und du bist zu alt."

„Ach was." Großvater Waldemar schnaubte. „Alter ist doch nur eine Zahl."

„Das ist doch nicht wahr", empörte sich Theophil. „Meine Knochen wachsen noch und deine sind wahrscheinlich schon spröde."

„Meine Knochen sollen porös sein? Dass ich nicht lache. Ich war einer der größten Artisten meiner Zeit. Am Hochseil und am Trapez. Den wirbelnden Waldemar hat man mich genannt! Und niemals hab ich mir auch nur einen einzigen Knochen gebrochen! Dabei gab es, weiß Gott, so manche Gelegenheit. Meine Knochen sind mit ziemlicher Sicherheit aus Stahl."

„Meine aber nicht", erwiderte Theophil. „Ich bin unheimlich empfindlich. Das weißt du doch. Und bestimmt wollen

Mama und Papa nicht, dass du mit mir ins Ungewisse fährst, wo vielleicht Spione oder andere Bösewichte schon lauern."

„Und du tust wohl immer, was deine Eltern wollen?" Großvater Waldemar lächelte, während er seinen Enkel festschnallte und ihm den Helm überstreifte.

„Ja", gab Theophil kleinlaut zu.

„Na, da hast du ja Glück, dass du mich zum Großvater hast. Ich bin wahrscheinlich einer der besten Großväter überhaupt. Deshalb werde ich dafür sorgen, dass du nicht vor lauter Bravsein die Ferien verschläfst."

„Das hört sich nicht so an, als würde ich das mögen."

„Erst einmal abwarten", sagte sein Großvater und setzte seinem Enkel die Brille auf, die seine Augen vor dem Fahrtwind schützen sollte.

„Das ist doch verrückt", protestierte Theophil noch einmal.

„Verrückt ist, dass ein kluger Junge wie du sich mit Gummischlangen in die Falle locken lässt." Opa Waldemar kicherte.

„Mach dir keine Sorgen! Ich werde gut auf dich aufpassen, und wenn du in ein paar Wochen zu Hause bist, hast du eine Menge zu erzählen. Womöglich noch mehr als deine Eltern und die treiben sich in Afrika herum.

Dort gibt es immerhin Elefanten und Flusspferde und Spinnen so groß wie Kuchenteller."

Da war es tatsächlich besser, hier in Großvaters Motorrad zu sitzen, auch wenn das Mini-U-Boot hinten dranhing.

Die feurige Francesca

Die Sonne stand schon ziemlich hoch am Himmel, als Waldemar Ringelblum sein Motorrad startete. Der Motor stotterte, hustete, knallte und schnurrte letztendlich wie ein Kätzchen. Er setzte auch seine Brille auf und nickte seinem Enkel zu.

Theophil beschloss, beleidigt zu sein, weil er so plump hereingelegt worden war. Er tat so, als würde er kein Wort hören, und blickte demonstrativ zur Seite. Schließlich ging ein Ruck durch das alte Motorrad und es ratterte los, das selbst gebaute U-Boot im Schlepptau, in dem auch noch der selbst gebaute Drachenflieger verstaut war. Nur für den Fall der Fälle. Minerva saß vor Theophil, eine alte Fliegerbrille auf der Nase, und ihre Ohren flatterten im Fahrtwind.

Antonia Lind war ja schon vor über achtzig Jahren verschwunden. Es bestand also kein Grund zur Eile. Ob sie nun ein paar Tage früher oder später bei ihrer Tochter Ophelia ankamen, machte wohl keinen Unterschied. Großvater Waldemar fuhr also gemächlich dahin und wünschte allen, an denen sie vorbeikamen, einen schönen Tag.

Zu Mittag machte Theophil mit dem Beleidigtsein eine Pause und ließ sich eine große Portion Nockerl mit Soße schmecken.

„Heute kommen wir ja nicht mehr bei unserem Ziel an", sagte sein Großvater. „Und morgen auch nicht. Aber wir zwei müssen natürlich irgendwo übernachten. Also hab ich uns ein paar schöne Plätze ausgesucht."

Theophil schmollte ja nur noch halb, weshalb er ihn zumindest anblickte, wenn er schon nichts dazu sagte.

„Heute zum Beispiel werden wir meine alte Freundin und Zirkuskollegin Francesca besuchen. Sie war eine berühmte Feuerschluckerin zu ihrer Zeit. Bekannt war sie unter dem Künstlernamen *Feurige Francesca*."

Theophil konnte sich in seinen kühnsten Träumen nicht vorstellen, einen brennenden Stab mit seiner Zunge zu löschen.

„Sie hat auch mit brennenden Stöcken jongliert. Mit acht auf einmal", erzählte Großvater Waldemar weiter.

„Ohne, dass sie sich die Finger verbrannt hat?", staunte Theophil. Er selbst konnte ja nicht einmal mit drei Orangen jonglieren, ohne dass sie auf dem Boden landeten. Genau genommen nicht einmal mit zwei.

„Oh nein!", rief sein Großvater. „Die feurige Francesca hat sich niemals verbrannt. Sie verstand ihr Handwerk wie keine andere."

Theophil war aufgeregt. Er hatte bis jetzt noch nie eine Feuerschluckerin kennengelernt, und als es so weit war, war er ein wenig enttäuscht. Eine Feuerschluckerin hatte er sich irgendwie imposanter vorgestellt.

Die feurige Francesca war klein und pummelig. Sie über-
ragte ihn kaum. Theophil schätzte sie auf nicht mehr als ein
Meter fünfzig. Nur ihr Haar erinnerte an ihren früheren
Beruf. Leuchtend orange, lockig und wild stand es in alle
Richtungen ab.

Großvater Waldemar und die feurige Francesca freuten
sich sehr, dass sie sich nach so langer Zeit wiedersahen.
So sehr, dass sie aneinandergeklammert im Kreis hüpften
und lachten.

Theophil wurde vorgestellt und schließlich auch Minerva, die zur Begrüßung gleich an den Rosenbusch pinkelte.

„Wenn man muss, dann muss man", sagte Francesca nur und lud schließlich alle in ihr Zuhause ein.

„Aber passt mir bitte auf die Ameisen auf!", sagte sie. „Ihre Straße führt durch das ganze Haus."

Drinnen fielen Theophil gleich die Verkehrstafeln auf: Vorrangtafeln und Stoppschilder, wann immer man die Ameisenstraße kreuzte. Die feurige Francesca hatte ganz eindeutig eine Schwäche für Ameisen. Und zwar für jede Einzelne. Die Wände waren nämlich mit briefmarkengroßen Portraits von Ameisen tapeziert. Theophil stand staunend vor den Mini-Meisterwerken.

„Gefallen sie dir?", fragte Francesca.

„Oh ja", sagte Theophil und trat näher heran. „Die sind ja alle unterschiedlich", stellte er fest.

„Selbstverständlich sind die unterschiedlich. Es sind ja auch unterschiedliche Ameisen. Ich zeichne doch nicht immer dieselbe. Das wäre ja verrückt", sagte sie und schaute verwundert zu Waldemar Ringelblum.

„Das wäre es allerdings", stimmte er zu. „Ameisen sind schließlich Individuen."

„Wie viele haben Sie denn schon gezeichnet?", wollte Theophil wissen.

„344 Ameisen und die Königin."

„Und wie viele fehlen noch?"

„2342", antwortete Francesca.

„Da hast du aber noch eine Menge vor dir", stellte Großvater Waldemar fest und stieß einen leisen Pfiff aus.

Abends erzählten sie Theophil lustige Geschichten aus dem Zirkusleben. Als es dunkel war, packte Francesca noch ihre alten Arbeitsgeräte aus und löschte eine brennende Fackel im Mund. Minerva sprang sogar durch einen brennenden Reifen, dass Theophil schon fürchtete, ihr rotes Fell würde angesengt.

Zufrieden schlief Theophil ein. Der Groll gegen seinen Großvater war in Francescas Vorführung verpufft. Und als sie sich ihnen am nächsten Morgen einfach anschloss, wunderte er sich kein bisschen.

Der biegsame Paul und die bärtige Berta

Am nächsten Morgen frühstückten sie noch ausgiebig. Francesca legte eine Zuckerstraße durchs Haus und ein paar Kuchenkrümel dazu. Ihre Reisetasche wurde im U-Boot verstaut. Sie selbst platzierte sich hinter Opa Waldemar am Motorrad.

„Je mehr, desto lustiger", sagte dieser und startete die Maschine.

Nun braussten sie also zu viert durch die Landschaft: der alte und der junge Ringelblum, die feurige Francesca und Prinzessin Minerva. Langsam fand auch Theophil Geschmack an dem Abenteuer. Er konnte die ehemalige Feuerschluckerin gut leiden. Zumindest war sie keine Trapezkünstlerin oder Hochseilartistin. Es war gut möglich, dass sie Opa Waldemar von halsbrecherischen Aktionen abhielt. Die Frau verbrachte ihre Tage damit, briefmarkengroße Portraits von Ameisen anzufertigen. Das war eindeutig die Arbeit einer Stubenhockerin, fand Theophil. Mit der feurigen Francesca würde er bestimmt viel gemeinsam haben, hoffte er.

Bequem im Beiwagen sitzen und der Landschaft beim Vorbeiziehen zuschauen, war ja im Grunde ganz nach seinem

Geschmack. Er konnte dabei einem spannenden Hörbuch lauschen und Snacks knabbern. Und er war auch nur mehr ein kleines bisschen beleidigt wegen der Gummischlangen-Falle. Es war doch ziemlich peinlich, so hereingelegt zu werden. Trotzdem war Theophil eigentlich ganz froh über den Ausflug. Schließlich hatte er eine waschechte Feuerschluckerin kennengelernt. Einer alten Frau ein Medaillon ihrer Mutter zu bringen, fühlte sich auch gut an. Und weil er gerade so gut gelaunt und zuversichtlich war, schrieb er Lumi eine Postkarte.

Liebe Lumi!

Bin mit Opa Waldemar und der feurigen Francesca im Motorrad unterwegs. Francesca ist Ameisenportraitmalerin und macht unglaublich guten Butterkuchen. Ich hab furchtbar viele Ameisen kennengelernt. Du kannst dir gar nicht vorstellen, wie unterschiedlich die sind. Außerdem schluckt Francesca Feuer wie andere Leute Gummibären. Ich freu mich schon, wenn wir uns wiedersehen.

Dein Theophil
PS: Ich hoffe, du bist dann schon Luftgitarrenweltmeisterin!

Dann lehnte er sich wieder zurück und zählte die Bäume, an denen sie vorbeifuhren. Neunzehn Pappeln, zwölf Kirschbäume, neun Birnbäume. Dann zählte er Kühe, schließlich

Pferde und auch Schafe. Er führte eine Liste, wie viele rote Autos ihnen entgegenkamen, wie viele blaue, grüne, gelbe, schwarze oder weiße. Hier in der Gegend fuhren die Leute wohl am liebsten weiße Autos. Alle möglichen Blautöne waren allerdings auch sehr beliebt.

Zweimal legten sie eine Pause ein. Dann marschierte sein Opa im Handstand auf und ab. Das lüftet das Gehirn, war er überzeugt, und Gehirnlüften schadete nie. Theophil warf währenddessen den Ball für Minerva. So ein Pudel wollte beschäftigt werden, sonst drehte er womöglich durch, hatte der Tierarzt gemeint. Und wenn so ein Hund durchdrehte, zerkaute er alles, was ihm vor die Schnauze kam. Spielzeug, Kleidung, Möbel oder Schuhe mit Füßen drin oder ohne. Vielleicht sogar den ganzen Beiwagen – und wo sollte Theophil dann sitzen? Also warf er den Ball. Und warf. Und warf. Und warf. Minerva konnte das nämlich ewig machen. Mit Sicherheit so lange, bis Theophil der Arm abfiel.

Francesca machte Yoga auf der Picknickdecke. „Als alternder Mensch kann man gar nicht biegsam genug sein", sagte sie und klemmte sich die Beine hinter den Kopf. „Natürlich ist niemand so biegsam wie Paul, aber das wirst du heute Abend ja selbst sehen."

„Wer ist Paul?", fragte Theophil.

„Paul war auch beim Zirkus. Seine Frau ebenfalls. Wir werden heute bei den beiden übernachten."

Theophil wusste nicht, was er davon halten sollte. Noch mehr Zirkusleute! „Hatten die beiden auch Künstlernamen wie ihr?"

„Allerdings", antwortete Francesca.

„Der biegsame Paul!", rief Opa Waldemar, als ob er den Auftritt seines Freundes ankündigen wollte.

„Und die bärtige Berta!", stimmte Francesca im gleichen Tonfall mit ein.

Wie er sich die bärtige Berta vorstellen sollte, war für Theophil einigermaßen klar. Beim biegsamen Paul war er sich dagegen nicht so sicher. „Der biegsame Paul?", fragte er.

„Allerdings", sagte sein Großvater. „Auch wenn biegsam die Untertreibung des Jahrhunderts ist", behauptete er. „Paul ist ein Schlangenmensch. Seine Knochen – sofern er überhaupt welche hat – sind aus Gummi."

„Jeder Mensch hat Knochen", stellte Theophil klar. „Sonst könnte man sich ja gar nicht aufrecht halten."

„Wer weiß", entgegnete Opa Waldemar. „Ich hab Pauls Knochen jedenfalls noch nie gesehen. Du etwa?" Er blickte Francesca an.

„Nicht ein einziges Mal", schwor sie.

„Ich hab deine Knochen auch noch nie gesehen", sagte Theophil zu seinem Großvater. „Aber ich wette um eine Million rote Gummischlangen, dass sie unter deiner Haut stecken."

„Ich bin ja auch kein Schlangenmensch", meinte Opa Waldemar achselzuckend. „Menschen sind so unterschiedlich wie Steine. Sie sehen vielleicht ganz ähnlich aus, trotzdem ist keiner wie der andere."

Menschen waren also wie Steine! Theophil schüttelte den Kopf. Blödsinn mit Quasten! Denn auch wenn jeder Mensch einzigartig war, sich von anderen vollkommen und total unterschied, blonde, rote oder schwarze Haare hatte, dunkle oder helle Haut, blaue oder braune Augen, ein Muttermal auf der Nase oder nicht, Knochen hatte ganz bestimmt jeder einzelne Mensch. Und wenn ein Mensch irgendwann starb und lange genug im Boden herumlag, waren eines fernen Tages nur noch seine Knochen übrig. Dann sahen Menschen noch viel gleicher aus.

Minerva bellte und riss ihn aus seinen Gedanken. Der Ball lag wieder vor seinen Füßen und die Hündin wurde langsam ungeduldig, weil er ihn nicht schon längst wieder eworfen hatte.

Theophil rieb sich die Schulter. Die tat schon richtig weh von der ganzen Werferei. Er beschloss daher, dass es genug war. Minerva war das natürlich ziemlich egal. Sie sprang auf, lief ein Stück, sauste wieder zurück und bremste vor Theophil scharf ab. Mit der Schnauze rollte sie den Ball noch näher an seine Füße heran. Dann starrte sie ihn an, gespannt wie eine Feder, jederzeit bereit, loszuschnellen.

Theophil seufzte. „Ach komm", maulte er.

Minerva tat aber so, als würde sie ihn nicht verstehen. Sie bellte noch einmal. Es klang schon beinahe ärgerlich, fand Theophil.

Es war schon Abend, als sie beim biegsamen Paul und der bärtigen Berta ankamen. Die beiden wohnten in einem Baumhaus, das sich über mehrere Etagen bis in die Baumkrone erstreckte.

Theophil blieb der Mund offen stehen, so beeindruckt war er.

„Weißt du, wer es gebaut hat?", fragte Opa Waldemar.

„Nein." Theophil zuckte mit den Schultern.

„Die besten Architekten der ganzen Welt", behauptete sein Großvater. „Und wer sind wohl die besten Architekten der ganzen Welt?"

Theophil schaute nur dumm aus der Wäsche. Woher sollte er das denn wissen?

„Deine Eltern natürlich", schnaubte Opa Waldemar und schüttelte den Kopf.

Als sie am Baum angelangt waren, zog sein Großvater an einer Schnur und unzählige Glöckchen begannen zu bimmeln.

Kurz danach wurde irgendwo über ihnen ein Fenster geöffnet.

„Wer da?", schallte es durchs dichte Blattwerk.

„Schneewittchen und die sieben Zwerge!", flötete Opa Waldemar.

Im nächsten Moment knallte ihm beinahe eine Strickleiter auf den Kopf. Sie wurde den Besuchern regelrecht entgegengeworfen. Außerdem ein Korb für Minerva. Sie war zwar ein ausgesprochen talentierter Hund, eine Strickleiter konnte sie aber dann doch nicht hinaufklettern.

„Nur herauf! Nur herauf", rief der biegsame Paul.

Als alle drei oben angelangt waren, standen sie etwas zusammengepfercht in einem kleinen Raum. Über ihnen rumpelte es und im nächsten Augenblick flog schon die Tür auf. Der biegsame Paul stürmte herein, dicht gefolgt von der bärtigen Berta. Nun herrschte ein regelrechtes Gedränge in dem winzigen Raum. Es wurde umarmt, Küsschen wurden verteilt und eine Unmenge Freudentränen zerdrückt. Theophils Wangen wurden getätschelt und gezwickt, was er auf den Tod nicht ausstehen konnte. Doch in dem Gedränge gab es kein Entkommen.

„Willkommen! Willkommen! Willkommen!", schniefte der biegsame Paul. Paul war so groß, dass er in diesem kleinen Raum kaum aufrecht stehen konnte. Berta hingegen war nicht viel größer als Theophil. Und sie machte ihrem Künstlernamen alle Ehre. Ihr Vollbart war leuchtend silbrig, ihr Haupthaar hatte denselben Farbton. Sie machte einen unheimlich fröhlichen Eindruck.

Im Gegensatz zu seiner Frau schien auf Pauls Körper kein einziges Haar zu sprießen. Sein Glatzkopf war spiegelglatt, seine Arme haarlos und dürr wie Käferbeinchen.

Seine Beine ragten glatt und kahl wie Holzstöcke aus seiner kurzen Hose.

„Also los!" Berta klatschte in die Hände. „Jetzt gibt es erst einmal eine Baumhausführung!"

Theophil war beeindruckt. Seine Eltern hatten bei der Planung wirklich an alles gedacht. Das Tollste war allerdings der allerletzte Raum. Er war ganz oben in der Krone verankert und vollgestopft mit Büchern. In einem alten Ohrensessel konnte man es sich bequem machen und dabei in den Himmel schauen. Das Dach bestand nämlich aus einem einzigen großen Fenster und auf einer Seite war auch die Wand durch ein Fenster ersetzt, sodass man die ganze Gegend überblicken konnte. Wenn Theophil und seine Eltern wieder zu Hause waren, musste er sie bitten, eine gläserne Wabe oben auf ihr Haus zu setzen. Auf diese Weise würde er nachts die Sterne und tagsüber die unterschiedlichen Wolkenformen beobachten können.

Natürlich kamen auch der biegsame Paul und die bärtige Berta mit in dieses Abenteuer. Das Wohnzimmer, ihr alter Zirkuswagen, wurde einfach vom Ast gelöst und mit einem Seilzug langsam auf den Boden gesenkt. Dasselbe machten sie mit dem Motorrad, das in dem kleinen Garagenbaumhaus untergebracht war. Sie hängten das Wohnzimmer einfach hinten dran und los ging es.

Die nächste Nacht verbrachten sie bei Madame Melina, der Wahrsagerin des Zirkus. Es war eine ganz besondere Nacht, denn Madame Melina lebte in einem Lebkuchenhaus mitten im Wald. Echter Lebkuchen war es natürlich nicht, wie Theophil sogleich festgestellt hatte, weil er sich beinahe einen Zahn ausgebissen hatte, aber es sah täuschend echt aus.

„Sind Sie tatsächlich eine echte Wahrsagerin?", wollte Theophil am Morgen wissen.

„Selbstverständlich", versicherte sie ihm.

„Sie können also richtig und echt in die Zukunft sehen?"

„Allerdings."

„Oh, nun, wenn das so ist ..." Er zögerte.

„Du willst wissen, wie eure Reise weitergeht?"

Theophil nickte eifrig. „Ja", sagte er. „Es könnte schließlich ziemlich gefährlich werden."

„Ach was." Madame Melina winkte ab. „Ihr bringt ein Medaillon zu seiner Besitzerin und ein kleines Fläschchen. Das ist doch nicht mehr als ein Ausflug", beruhigte sie ihn

„Richtig", sagte Theophil „Was soll schon groß passieren?

„Eben." Madame Melina lächelte und wandte sich nun wieder dem pfeifenden Teekessel zu. „Abgesehen von einem Wirbelsturm, in den ihr geraten könntet. Oder in eine Massenkarambolage. Eine Überschwemmung könnte euch auch fortspülen. Ein hungriges Wolfsrudel könnte über euch herfallen. Ein Adler könnte dich mit einer Maus verwechseln, auf dich herabstoßen und dir die Krallen ins Fleisch treiben." Sie sah Theophil an. „Aber mal ehrlich: Wie hoch ist die Wahrscheinlichkeit?"

Theophil schluckte. „Keine Ahnung", murmelte er.

Weil er so aussah, als würde er ernsthaft berechnen, wie hoch die Wahrscheinlichkeit war, auch nur einen dieser grauenhaften Unfälle zu erleiden, sprach Madame Melina weiter „Eins zu einer Trillionbillionmilliarde oder irgendetwas. Winziger als ein Staubkorn." Sie legte Theophil ihre Hände auf die Schultern. „Keine Angst! Dein Großvater würde niemals zulassen, dass dir irgendetwas passiert. Nicht der winzigste Kratzer am kleinsten Finger."

„Ich mag keine Kratzer", sagte Theophil.

„Natürlich nicht", bestätigte Madame Melina. „Kratzer können sich entzünden, wenn Schmutz hineinkommt. Dann eitern sie, werden ganz heiß, alles schwillt an und am Ende muss man dir womöglich den ganzen Arm abnehmen."

Theophil starrte sie an.

„Aber mal ehrlich", fuhr sie fort. „Wie hoch ist die Wahrscheinlichkeit?"

„Eins zu einer Trillionbillionmilliarde oder irgendetwas?", riet Theophil.

Madame Melina überlegte. „Na ja", sagte sie schließlich. „Nicht ganz so winzig. Womöglich so groß wie zwei Staubkörner."

Theophil verschränkte schmollend die Arme vor der Brust.

„Aber mach dir keine Sorgen", fuhr Madame Melina fort. „Du bist schließlich der Auserwählte."

„Der Auserwählte?" Theophil blickte sie erstaunt an. „Auserwählt wozu?", wollte er wissen. Zum Kuchenessen?, fragte er sich insgeheim. Oder zum Insektenbeobachten?

„Auserwählt zu der Heldentat, die dieses Unterfangen gelingen lässt."

Theophil riss ungläubig die Augen auf. Dann begann er zu kichern. Er und eine Heldentat! Die Vorstellung war einfach zu komisch.

„Das ist nicht zum Lachen", stellte Großvater Waldemar klar, als er hinter seinem Enkel die Küche betrat.

„Oh doch!", widersprach Theophil. „Ich bin doch kein Held."

„Wer weiß? So etwas findet man erst heraus, wenn man in eine Situation gerät, in der Heldenmut gefragt ist."

„Aber Heldenmut!" Theophil schüttelte den Kopf. „Ich bin ein Angsthase. Das weißt du doch", raunte er seinen Großvater zu. Vor Madame Melina wollte er das nicht so laut hinausposaunen.

„Angst ist die wichtigste Zutat für Mut", beharrte sein Großvater. „Nur wer seine Angst überwindet, ist mutig."

Da hatte Theophil allerdings eine ganze Menge zu überwinden, wenn man ihn fragte. Der Auserwählte! Er kicherte wieder.

Als sie sich dann kurze Zeit später von Madame Melina verabschiedeten und Theophil neben Prinzessin Minerva im Beiwagen saß, war ihm dann doch etwas mulmig zumute. Er wollte kein Auserwählter sein.

Das gelbe Haus

Morgens früh um neun ratterte die kleine Karawane Richtung Norden. Opa Waldemar, die feurige Francesca, Theophil und Minerva vorneweg. Dahinter der biegsame Paul und die bärtige Berta. Ein kleiner Wanderzirkus wie in den guten alten Zeiten.

Gemächlich ging es dahin durch schmale Täler und über sanfte Hügel. Mittagspause legten sie an einer hübschen Stelle ein. Es gab Brote mit hart gekochten Eiern, Salat, Schinken und Käse. Theophil mampfte vor sich hin und schien dabei irgendeinen Grashalm zu fixieren.

„Na, worüber grübelst du denn nach?", fragte Berta.

„Sie hat gesagt, ich bin der Auserwählte", antwortete Theophil.

„Wer?"

„Madame Melina."

„Oh, na dann", sagte Berta. „Dann bist du das wohl."

„Aber auserwählt wozu?", wollte Theophil wissen.

„Das könnte alles Mögliche sein", vermutete Francesca.

„Der beste Enkel der Welt zu sein, zum Beispiel", schlug Opa Waldemar vor.

„Oder der tollkühnste Theophil, den die Welt jemals gesehen hat", meinte Paul.

Der Junge schaute ihn mit großen Augen an, dann in die Runde, und weil alle zustimmend nickten, sogar Minerva, begann er schließlich wieder zu kichern.

„Lass dich einfach überraschen", riet ihm Francesca. „Man weiß nie, was das Leben für einen bereithält."

Aber ein Auserwählter zu sein ließ Theophil dann doch keine Ruhe. Die Frau war schließlich eine echte Wahrsagerin. Wenn sie behauptete, er sei der Auserwählte, dann war er vermutlich zu irgendetwas auserwählt. Theophil hoffte inständig, dass es nichts Unangenehmes oder Ekliges war, zum Beispiel Regenwürmer essen oder eine Spritze kriegen.

Am Abend stellten sie dann die Fahrzeuge im Kreis auf, das Motorrad seines Großvaters mit dem Mini-U-Boot dran, Paul und Bertas Motorrad mit deren Zirkuswagen dran. In der Mitte machten sie ein kleines Lagerfeuer. Sie spießten Würstchen auf Stöcke und Brotscheiben und rösteten sie knusprig. In die Glut kamen Kartoffeln.

„Wie ist das Leben mit einem silbernen Bart?", fragte Theophil, während er darauf wartete, dass sein Würstchen gar wurde.

„Ach, weißt du", antwortete Berta, „nicht anders als mit einem goldenen."

Paul kicherte und Berta zuckte mit den Schultern. Theophil lief rot an. Trotzdem redete er weiter. „Ich meine, wie das Leben mit Bart ist?"

„Frag deinen Opa! Der hatte in seiner Jugend einen stattlichen Schnauzbart. Hochgezwirbelt reichte er ihm beinahe bis zu den Ohren."

„Aber Opa ist doch ein Mann", stöhnte Theophil. „Und Männer haben oft Bärte. Frauen dagegen ..." Er verstummte kurz, ehe er weitersprach. „Du bist doch eine Frau und ich hab noch nie eine Frau mit Bart gesehen."

„Frauen mit Bärten sind tatsächlich ziemlich selten, aber es ist eben, wie es ist. Die Gene haben mir dieses Prachtexemplar verpasst und darum gehört es eben zu mir." Sie drehte ihr Stöckchen, damit die Wurst und das Brot auch von der anderen Seite geröstet wurden. „Ich musste mich natürlich auch erst daran gewöhnen, also mach dir nichts draus, wenn es bei dir noch ein wenig dauert, bis du dich an den Anblick gewöhnt hast."

Theophil nickte und sagte: „Ich finde den Bart ziemlich schön." Im Grunde war es der schönste Bart, den er jemals gesehen hatte, so silberglänzend, weich und flauschig.

„Dann darfst du ihn ruhig anstarren", erlaubte Berta. „Wenn du ihn nämlich nur anstarren würdest, weil du ihn monstermäßig hässlich fändest, wäre das ziemlich unhöflich. Schöne Dinge darf man anstarren." Sie bauschte ihre silberne Bartlockenpracht. „Und mein Bart ist ja auch außergewöhnlich schön", stellte sie fest.

„Oh ja", stimmte Paul zu. „Der schönste Bart auf der ganzen Welt." Er legte den Arm um Berta.

„Man ist eben, wie man ist", meinte Berta. „Unser Sohn Anton zum Beispiel ist auch ein wenig aus der Art geschlagen. Mit dem Zirkus hat er nämlich gar nichts am Hut. Er kann es auch gar nicht leiden, dass wir in einem Baumhaus leben. Ein Baumhaus sei etwas für junge Menschen, Menschen, die sich nicht gleich die Hüfte brechen, wenn sie herunterfallen."

Theophil sah das genauso und machte sich über sein knusp-
riges Würstchen her. Er fand das Abendessen köstlich,
und während die Alten noch Geschichten über das turbu-
lente Zirkusleben erzählten, schlief er erschöpft ein.

Vier Tage waren sie nun schon unterwegs und manchmal beschlich Theophil das Gefühl, dass sie wohl nie an
ihrem Ziel, wo immer das auch sein mochte, ankommen
würden.

Vier Tage lang durchquerten sie eine grüne Landschaft,
die aussah wie jede andere grüne Landschaft. Vielleicht
war er ja dazu auserwählt, durch grüne Landschaften zu
fahren, ohne dass irgendetwas passierte. Damit konnte
Theophil durchaus leben.

Doch dann, am Morgen des fünften Tages, wurde es allmählich ein wenig seltsam. Opa Waldemar hatte Lust auf
ein ortsübliches Frühstück, was immer das auch sein mochte.

„Das wird bestimmt interessant", war er überzeugt und
rieb sich die Hände. Er liebte Experimente beim Essen,
und wenn das Gericht nicht noch lebte und versuchte,
vom Teller zu fliehen, vertilgte er so ziemlich alles, was
man ihm vorsetzte. Theophil war da im Grunde nicht anders. Also hatte er nichts dagegen, als gleich nach dem
Aufwachen zusammengepackt wurde und sich alle mit
knurrenden Mägen auf den Weg machten.

Im nächsten Dorf war jedes einzelne Haus gelb gestrichen, was Theophil schon ein wenig verwunderte. Sogar

die Kirche war gelb und auch das Gasthaus. Sie setzten sich trotzdem an einen der Tische davor und warteten auf die Bedienung. Der Wirt schaute aus der Tür und schien nicht gerade erfreut darüber, so früh schon Gäste zu haben. Trotzdem brachte er ungefragt eine Schüssel mit streng riechendem Fisch und einen Teller mit kalten Kartoffeln.

„Unser Koch ist noch nicht da", teilte er seinen verwunderten Gästen mit. „Was anderes haben wir nicht."

„Bitte noch Kaffee!", rief Berta ihm nach, als er umgehend wieder verschwand.

Ein paar Minuten später kam er aber mit einer Kanne Kaffee und fünf Tassen wieder zurück. Er warf einen Blick auf den Fisch und die Kartoffeln und bemerkte, dass alles noch unberührt war.

„Na los!", sagte er. „Esst, bevor es warm wird." Danach verschwand er wieder im Haus.

„Na gut", sagte Opa Waldemar. „Dann tun wir mal so, als duftete dieser Fisch nach Waffeln mit Zimt und Zucker."

Kartoffeln und kalter Fisch zum Frühstück mochten zwar ungewöhnlich sein, Theophil fand es allerdings gar nicht so übel.

„Kennen Sie das Herrenhaus der Familie Lind?", fragte Waldemar Ringelblum, als der Wirt wenig später die Rechnung brachte.

Der Mann nickte. „Natürlich, das kennt jeder", behauptete er.

„Ist es noch weit?", wollte Francesca wissen. Der Wirt zuckte mit den Schultern. „Kommt drauf an", antwortete er.

„Worauf denn?", fragte Berta.

„Ob man geht, fährt oder fliegt."

Berta warf den Motorrädern einen demonstrativen Blick zu. Sie standen keine drei Meter entfernt. „Wir fahren", fügte sie schließlich hinzu, weil der Mann keinerlei Reaktion zeigte.

„Dann geht's", sagte der Wirt und blickte die Straße entlang. „Es liegt gleich hinter den sieben Bergen."

„Den sieben Bergen?", wiederholte Theophil, weil er meinte, sich verhört zu haben. Oder aber es war ein Scherz. Die Leute wohnten hier schließlich alle in gelben Häusern. Sie hatten möglicherweise einen etwas seltsamen Humor.

Doch der Mann nickte lediglich.

„Bei den sieben Zwergen etwa?", rutschte Theophil heraus.

Der Wirt schüttelte den Kopf. „Von Zwergen weiß ich nichts", sagte er. „Nur von einem bösen Wolf."

Theophil schluckte. Wölfe machten ihm Angst und böse Wölfe natürlich noch viel mehr.

„Hinter den sieben Bergen also?", mischte sich Opa Waldemar ein, bevor noch feuerspeiende Drachen und wild gewordene Einhörner ins Spiel kamen.

„Ist doch nicht so schwer zu begreifen", sagte der Wirt. „Ihr fahrt rauf und wieder runter, rauf und wieder runter, rauf und wieder runter, dann noch dreimal rauf und nur zweimal wieder runter. Dann müsst ihr nämlich über eine lange Brücke und auf der anderen Seite wieder runter." Er stockte und redete schließlich weiter. „Dann gerade durch die kleine Stadt, bis zu einem großen schmiedeeisernen Tor. Dort hinein, und wenn ihr es durch das unheimlich verzwickte Labyrinth geschafft habt, steht ihr vor dem Herrenhaus."

„Na dann", sagte Opa Waldemar. „Das klingt ja nach einem gestiefelten Katzensprung."

Und während die anderen noch schnell aufs Klo gingen, bat Theophil den Wirt, ihm den Rest des Fisches für unterwegs einzupacken.

„Warum sind hier alle Häuser gelb?", fragte er, als der Wirt mit dem Proviantpaket und einem großen Knochen für Minerva zurückkam.

„Weil wir so viel gelbe Farbe hatten", antwortete er, während er Minerva Männchen machen ließ, bevor er ihr den Knochen ins sabbernde Maul steckte.

„Wieso ausgerechnet gelb?", hakte Theophil nach.

„Ist dem alten Gunther seine Lieblingsfarbe und er hat zu viel gekauft. Hundertmal zu viel. Im Rechnen war er schon in der Schule eine Niete. Und weil die Farbe nun mal da war und man gute Farbe nicht verkommen lassen soll, wurde sie eben nach und nach verstrichen." Dann blickte er sich um. „Man gewöhnt sich dran", meinte er schließlich, steckte seine Hände in die Hosentaschen und schaute in den Himmel. „Gibt heute Regen", orakelte er noch und verschwand wieder in der Gaststube.

Theophil blickte in den Himmel. Es war kein Wölkchen zu sehen, dennoch zweifelte er nicht an der Wettervorhersage des Wirtes. Es gab eben mehr Wahrsager auf der Welt, als er gedacht hatte.

Als alle wieder in ihren Gefährten saßen, gesichert, Helme auf den Köpfen, hatte Theophil ein etwas mulmiges Gefühl.

„Los geht's!", rief sein Großvater.

Doch bevor er noch den Startschlüssel umdrehen konnte, zupfte Theophil ihn an der Hose. „Findest du das alle nicht reichlich seltsam?", fragte er, bevor der Motorenlärm jedes weitere Wort übertönen würde.

„Ach was", winkte Opa Waldemar ab. „Wahrscheinlich klingt es nur seltsamer, als es eigentlich ist. Bestimmt gibt es viele Ort, die hinter sieben Bergen liegen. Es fällt nur nicht auf, wenn man durch eine hügelige Landschaft fährt. Wer zählt da schon mit?"

Da mochte er recht haben. Die Geschichte mit dem bösen Wolf erklärte das aber noch lange nicht, fand Theophil, und gerade als er deswegen nachhaken wollte, fuhr sein Großvater los.

„Und der böse Wolf stellt sich am Ende wohl nur als übellauniger Dackel heraus. Mit denen ist zwar auch nicht gut Kirschen essen, aber das überleben wir schon. Außerdem haben wir für so etwas ja unsere Prinzessin dabei. Sie wird das Untier schon bezirzen." Er tätschelte Minerva den Kopf, die ganz und gar auf ihren Knochen konzentriert war.

Das waren durchaus vernünftige Argumente, also nickte Theophil. Trotzdem nagte da dieses seltsame Gefühl in ihm. Das Gefühl, dass irgendetwas bevorstand, irgendetwas, das ihm womöglich nicht gefallen würde.

Hinter den sieben Bergen

Nicht weit hinter dem Dorf ging es den ersten Berg hinauf. Er stieg nur leicht an und war rechts und links der Straße von üppig tragenden Kirschbäumen gesäumt, die sanft im Wind schaukelten. Am höchsten Punkt des dritten Berges gab es eine Aussichtsplattform. Also legten sie eine Pause ein. Berta schoss wieder einmal eine Menge Fotos, die sie an ihren Sohn schickte.

„Der arme Junge kommt ja kaum aus seinem Büro heraus", sagte sie. „Nichts als Rechnungen und Zahlen im Kopf. Ein Steuerberater mit Leib und Seele."

„Wart ihr traurig, weil euer Sohn nicht zum Zirkus ging?", fragte Theophil.

„Natürlich nicht", versicherte Berta. „Was hätte er denn beim Zirkus machen sollen, wo er doch ein geborener Steuerberater ist? Er hat zwei linke Hände und zwei linke Füße und eine heftige Tierhaarallergie obendrein. Kommt er einem Pferd auch nur nahe, schwillt seine Nase an wie eine Kartoffel. Sein Gehirn funktioniert dafür wie ein Computer."

„Aber wart ihr denn gar nicht traurig, dass er nicht in eure Fußstapfen getreten ist?"

„Aber nein", wehrte Paul ab. „Anton hat seine eigenen Fußstapfen zu hinterlassen." Er nahm einen Bissen von einem
Apfel und sprach weiter. „Stell dir vor, alle Menschen wären gleich. Das wäre doch furchtbar langweilig."

„Ich will der beste Süßigkeitenerfinder der Welt werden",
sagte Theophil.

„Na bitte!" Paul lachte. „Die Menschen lieben Süßigkei-
ten. Du wirst berühmt werden."

„Das will ich meinen", sagte Opa Waldemar. „Sie werden
Straßen und Plätze nach dir benennen. Denk nur an Willi
Wonka. Seine Schokoladenfabrik kennt ja praktisch jedes
Kind."

Theophil fühlte sich gleich besser. Ein wenig hatte er sich
nämlich wie ein Außenseiter gefühlt. Er war ja nicht beim
Zirkus. Er war weder Artist noch Abenteurer, auch nicht
biegsam wie ein Grashalm oder besonders mutig, ja, er
hatte nicht einmal einen Bart. Doch irgendwie passte er
trotzdem in diese bunte Truppe.

Der sechste Berg war dann ziemlich steil. So steil, dass
Theophil schon Angst hatte, das Motorrad schaffte es womöglich nicht, das selbst gebaute Mini-U- Boot bis nach
oben zu schleppen. Denn der Berg war nicht nur steil, sondern auch noch unheimlich hoch, viel höher als die voran-
gegangenen. Es dauerte ewig, bis sie schließlich ganz oben
angekommen waren. Der Wind pfiff ihnen um die Ohren
und es hatte empfindlich abgekühlt. Theophil fröstelte ein

wenig. Das konnte allerdings auch an der Brücke liegen, jener Brücke, von der der Wirt erzählt hatte. Sie war direkt vor ihnen über ein unendlich tiefes Tal gespannt. Schmal und filigran sah sie aus. Zu schmal und filigran für Theophil. Sie schien geradezu schwindelerregend hoch. Bestimmt ging es da hundert Meter in die Tiefe, schätzte er, als er seine Nase über den Rand des Beiwagens reckte und hinunterlugte. Nur ganz kurz, damit ihm nicht schwindelig wurde. Obwohl man das eigentlich gar nicht mehr so deutlich erkennen konnte, weil zu allem Überfluss jetzt auch noch dichter Nebel aufzog. Wenn es nach Theophil gegangen wäre, hätten sie kehrtgemacht. Doch es ging ja nicht nach ihm. Wenn Opa Waldemar sich einmal etwas in den Kopf gesetzt hatte, dann zog er das gnadenlos durch.

„Was für eine wunderbare Aussicht", sagte sein Großvater prompt und blickte sich staunend um. Der Mann war ja schließlich einmal Hochseilakrobat gewesen und wäre wahrscheinlich problemlos auf dem Geländer hinüberspaziert.

Und dann frischte der Wind auf. Am Ende würden sie noch vom Plateau geweht, fürchtete Theophil. Am Himmel bauschten sich graue Wolken. Der Nebel wurde dichter und dichter, bis er schließlich über die Brücke kroch, als wollte er das Weiterfahren verhindern.

„Opa", begann Theophil, doch da fuhr sein Großvater schon langsam auf die Brücke.

Der Junge sank tiefer in seinen Sitz und kniff die Augen fest zu. Er wollte gar nicht wissen, was vor oder unter ihnen lag. Minerva hingegen saß kerzengerade da und starrte in die Nebelwand. Hellwach und konzentriert. Das beunruhigte Theophil gleich noch mehr. Vielleicht sah sie etwas, das ihnen verborgen blieb. Hunde hatten ja viel bessere Augen als Menschen. Oder sie witterte etwas, das man noch gar nicht wahrnehmen konnte. Hatten Hunde nicht einen sechsten Sinn für Gefahr?

Theophil tätschelte Minervas Rücken, doch sie verharrte wie erstarrt in ihrer Position. Sein Großvater allerdings, der fuhr nun langsamer und Theophil hatte plötzlich ganz schreckliche Angst, dass er am Ende auf dieser gruseligen Brücke anhalten würde. Mitten auf dieser Brücke, über einem abgrundtiefen Abgrund, den ab-grundtiefsten Abgrund überhaupt, den Theophil jemals überquert hatte. Und prompt stoppte sein Großvater.

Der Junge wagte nicht zu atmen und rang noch mit sich, ob er die Augen jetzt öffnen sollte oder doch geschlossen halten, zumindest so lange, bis sie auf der anderen Seite angelangt waren. Da ging ein Ruck durch den Beiwagen. Instinktiv riss er die Augen auf und fort war sie. Minerva saß nicht mehr auf ihrem Platz. Er sah ihren roten Schwanz gerade noch im dichten Nebel verschwinden.

„Minerva! Hierher!" Theophil legte seine ganze Autori-tät in diesen Befehl. Der Hund kam aber nicht zurück.

„Spürst du das?", fragte sein Großvater und reckte den Kopf nach vorne, als wollte er besser sehen.

„Ja", wisperte Theophil. Es war ein Vibrieren und die Brücke

schaukelte leicht. Gleich würde irgendetwas aus dieser Nebel-
suppe hervorstürmen: Dinosaurier, Wölfe oder Bären.

Gleich war es so weit. Ein Schatten trat schon hervor. Der
Schatten von einem großen Tier. Theophil hätte beinahe
geschrien, als eine behäbige Kuh an ihnen vorbeitrottete,
gefolgt vom Rest der Herde. Da blieb ihm sein Schrei im
Hals stecken. Kühe fand er für gewöhnlich nicht gruselig.
Diese hier waren ziemlich groß, so groß, dass sie ihn womöglich wie den winzigen Däumling aus dem Märchen
verschlucken könnten. Sonst hatten sie allerdings wenig
monstermäßiges an sich. Sie ließen sich auch von Minerva
nicht stören, die aufgeregt um die Tiere herumhüpfte.

„Wo die wohl herkommen?" Onkel Waldemar schaute
den Kühen nach, die eine nach der anderen wieder vom
Nebel verschluckt wurden.

„Wo die wohl hinwollen?", wunderte sich Francesca, die
ebenfalls wie gebannt hinterherstarrte.

Theophil war erleichtert, dass sie es nicht mit Bären oder
Dinosauriern zu tun bekommen hatten. Er lehnte sich zurück
und kniff die Augen wieder fest zu. Schließlich hatten sie
ja noch ein gutes Stück Weges vor sich. Ein gutes Stück
Weges, auf dem sie – von der dünnen Brücke einmal abgesehen – nichts weiter als abgrundtiefen Abgrund unter
den Rädern hatten.

Und als sie dann endlich die andere Seite erreicht hatten,
ging es auch schon abwärts, steil auf eng gewundenen

Serpentinen. Immer, wenn Theophil fürchtete, sie fuhren jetzt über den Berg hinaus ins Nichts, schlug die Straße einen Haken. Und dann begann es obendrein zu regnen, so stark, dass man außer einer Wand aus Wasser eigentlich gar nichts mehr erkennen konnte.

Alle hielten an und trafen sich zum Tee in Paul und Bertas Wohnwagen. Sie schlüpften in trockene Sachen und wärmten sich schließlich an den dampfenden Teetassen. Draußen donnerte es wie verrückt und Theophil hoffte, dass der Wohnwagen einen funktionierenden Blitzableiter hatte.

Francesca machte einen großen Stapel dicker Palatschinken zum Tee und erzählte Geschichten von all den Ländern, in denen sie gewesen war. In Thailand ist sie auf einem Elefanten durch den Dschungel geritten. In Brasilien hat sie vom Zuckerhut ein Stück abgebrochen und in ihren Kaffee gerührt. In Wales hat sie den längsten Ortsnamen der Welt gerülpst.

„Den längsten Ortsnamen der Welt?", unterbrach sie Theophil.

„Oh ja, bestimmt", behauptete Francesca. „Er besteht aus 58 Buchstaben und lautet: Llanfairpwllgwyngyllgogerychwyrndrobwllllantysiliogogogoch."

„Das kann man ja nicht einmal aussprechen", staunte Theophil. „Geschweige denn rülpsen." Er schüttelte den Kopf.

„Da kannst du drauf wetten", sagte Francesca. „Das ist ja eigentlich vollkommen unmöglich, aber ich hab es geschafft.

Und weil das natürlich niemand glauben konnte, sind die Menschen aus nah und fern gekommen, um das Wunder mit eigenen Ohren mitzuerleben. Und ich hab gerülpst wie ein betrunkener Matrose." Sie lachte. „Ich hab eine Menge Geld damit verdient."

„Das war bestimmt das Seltsamste, was du erlebt hast", vermutete Theophil.

„Ach wo", winkte Francesca ab. „Das Seltsamste war wohl mein Gastauftritt in Atlantis."

„Das versunkene Atlantis?", fragte Theophil ungläubig.

„Selbstverständlich! Kennst du denn noch eines?"

Theophil schüttelte den Kopf.

„Ich brauchte natürlich einen Taucheranzug."

„Du willst mir doch nicht einreden, dass du unter Wasser als Feuerschluckerin aufgetreten bist?"

„Ich will dir gar nichts einreden", erwiderte Francesca. „Aber so war es nun einmal. Und ich war gut, das kannst du mir glauben. Geradezu eine Sensation. Diese Atlantismenschen sind ja auch schon so lange verschollen, dass sie sich über jeden Besuch freuen, wie du dir vorstellen kannst."

Feuerschlucken am Meeresgrund! Das war natürlich vollkommen lächerlich. Bestimmt hatte Francesca das nur erfunden, um ihn von dem Donnergrollen abzulenken.

Länger als eine Stunde tobte sich das Wetter ordentlich aus. Und als die Wolken bis auf den letzten Tropfen ausgequetscht waren, herrschte mit einem Mal nahezu gespenstische Stille draußen. Die Welt vor dem Wohnwagen glitzerte und dampfte. Ein hübscher Regenbogen spannte sich vom Berg bis zur Spitze des Kirchturmes der kleinen Stadt, die nun gut sichtbar im Tal lag.

„Dort unten finden wir bestimmt einen Topf aus Gold", scherzte Paul, als alle vor dem Wohnwagen standen und die Aussicht genossen.

„Kommt das denn wirklich niemandem seltsam vor?", fragte Theophil.

„Ach was", entgegnete sein Großvater. „In den Bergen kann sich das Wetter schon mal von einem Moment auf den anderen ändern."

Das klang durchaus nach einer vernünftigen Erklärung. Dennoch blieb Theophil skeptisch. Das gelbe Dorf, die sieben Berge, die herrenlosen Kühe, das Unwetter, der Regenbogen, der ihnen den Weg zu weisen schien: Das war eine regelrechte Ansammlung von Seltsamkeiten. Und so etwas gefiel Theophil nun einmal nicht.

Trotzdem fuhren sie natürlich weiter. Jeder seiner Einwände wäre ohnehin abgeschmettert worden, also schwieg Theophil und hoffte, wenigstens in einer Geschichte mit gutem Ende gelandet zu sein.

Lindburg stand auf der Ortstafel, als sie in das kleine Städtchen fuhren.

„Diese Linds scheinen ja eine bedeutende Familie zu sein,

wenn eine ganze Stadt nach ihnen benannt wurde", rief Francesca über das Motorengeknatter hinweg.

In einer Stadt zu leben, die nach ihm benannt war, würde Theophil gefallen. Theophil Ringelblum aus Ringelblumhausen oder Ringelblumburg. In einer Burg zu wohnen, wäre nämlich auch nicht schlecht, auch wenn er sein Wabenhaus nur sehr ungern eingetauscht hätte.

In dem Städtchen achtete niemand auf die Karawane mit dem Mini-U-Boot und dem Zirkuswagen, die mitten hindurchfuhr. Trotzdem wurde Theophil zusehends nervöser, je näher sie ihrem Ziel kamen. Weit konnte es ja nicht mehr sein, so viel stand fest. Vom Berg aus betrachtet, hatte das Städtchen nämlich nicht gerade groß ausgesehen. Und dann endete die Stadt. Direkt an einer Mauer mit einem schmiedeeisernen Tor. Das musste es sein. Das Anwesen der Familie Lind.

„Wir sind da", sagte Opa Waldemar.

Und just, nachdem er das gesagt hatte, ging das Tor auf. Einfach so schwang es nach innen, als ob sie erwartet worden wären.

„Na dann", sagte Opa Waldemar und gab Gas.

Hinter ihnen fiel das schmiedeeiserne Tor quietschend und knirschend wieder ins Schloss. Es war kein schöner Ton und Theophil bekam eine Gänsehaut. Er blickte zurück. Ihm wäre deutlich wohler gewesen, wenn das Tor offen geblieben oder aber gar nicht erst wie von Zauberhand aufgegangen wäre. Jetzt waren sie aber schon drin und vor ihnen erstreckte sich eine riesige Hecke. Der Kiesweg führte direkt darauf zu und schließlich mitten hinein. Sie hielten kurz an, schauten nach links und schließlich nach rechts. Ein makellos gepflegter Rasen mit bunt blühenden Blumenbeeten dazwischen. Da konnte man natürlich unmöglich drüber und um das Labyrinth herum fahren. Es half also alles nichts. Sie mussten einen Weg durch das Heckenwirrwarr finden. Schließlich sollte es gleich dahinter sein: das Herrenhaus der Linds.

„Was für ein Spaß!", rief Opa Waldemar und rieb sich die Hände. „Ich liebe Labyrinthe."

Im Grunde hatte Theophil auch nichts gegen Labyrinthe einzuwenden, aber über dieses spezielle hier wussten sie ja eigentlich gar nichts. Wie lange würde es dauern, bis sie durch waren? Was mochte dort drin auf sie warten? Und was, wenn sie zwar hineinkonnten, nicht aber wieder hinausfinden würden? Was, wenn es so groß war, dass man für immer und ewig darin herumirren konnte, ohne jemals den richtigen Weg zu finden?

Opa Waldemar und der Rest der Truppe hegten allerdings keinerlei Bedenken.

„So ein großes Labyrinth gibt es gar nicht, dass wir nicht wieder herausfinden würden", war sich Paul sicher.

Also tuckerten sie los. Im Schritttempo. Opa Waldemar mit Francesca, Theophil und Minerva vorneweg und Paul und Berta hintennach. Sie fuhren, bogen links ab, bogen rechts ab, fuhren und wendeten. So oft, dass Theophil längst aufgehört hatte, mitzuzählen. So oft, dass sie alle langsam, aber sicher die Orientierung verloren.

Allmählich wurde es dunkel, was die Heckenmauer irgendwie noch höher aussehen ließ. Und weil ohnehin alle hungrig waren, verschoben sie die Suche nach dem Ausgang auf den nächsten Tag und schlugen ihr Nachtlager mitten im Labyrinth auf.

Der tollkühne Theophil

In der mondhellen Nacht zeichneten sich die Hecken wie schwarze, unüberwindbare Mauern gegen den finsteren Himmel ab. Theophil fühlte sich davon bedroht und wälzte sich lange hin und her, ehe er endlich in einen unruhigen Schlaf fiel. Er träumte, die Hecken wuchsen und wuchsen, immer weiter, bis zu den Wolken. Die Wege dazwischen wurden dagegen enger und enger. Er streifte ihre spitzen Äste, zerkratzte sich die Wangen und fasste immer wieder in klebrige Spinnennetze, bis er im Morgengrauen schweißgebadet aus dem Schlaf schreckte.

Und da sah er es. Einen Menschen, oder auch nur der Schatten eines Menschen, schlank und nicht besonders groß. Ganz still stand er an der Ecke und beobachtete Theophil und die anderen. Niemand sonst war wach. Nur Minerva. Sie saß auf ihrer Decke und starrte die Erscheinung an.

Theophil wagte kaum zu atmen. Das konnte doch nicht sein. Er rieb sich die Augen, und als er wieder hinschaute, war nichts mehr zu sehen. Kein Mensch mehr, auch nicht der Schatten eines Menschen. Die Erscheinung hatte sich einfach in Luft aufgelöst. Oder aber er hatte sich alles nur eingebildet. Selbst Minerva rollte sich wieder auf ihrer Decke zusammen. Verwirrt legte Theophil sich noch einmal hin.

„Bestimmt habe ich nur geträumt", dachte er und rückte näher an seinen Großvater heran.

Als schließlich alle aufwachten, war es immer noch ziemlich früh. Der Morgentau glitzerte an den Hecken. Das Labyrinth döste still vor sich hin. Beim Frühstück redeten alle leise, als ob sie niemanden in der Umgebung stören wollten. Danach packten sie zusammen und machten sich für den Aufbruch bereit.

„Diesmal fahren wir nicht einfach blind drauflos", beschloss Paul. „Zuallererst finden wir einmal heraus, in welche Richtung wir müssen."

„Und wie?", fragte Theophil.

„Waldemar hat doch einen Drachenflieger mit", stellte Paul fest und grinste. „Das wär doch genau die richtige Aufgabe für den Auserwählten."

„Ich?" Theophil konnte nicht glauben, was er da hörte.

„Natürlich. Berta hat es mit der Hüfte. Sie kann es also nicht machen."

Theophil wollte natürlich gleich protestieren, aber Paul stoppte ihn mit einer Handbewegung. „Außerdem werden wir schon gut aufpassen, dass du nicht herunterfällst."

„Ich war aber nicht beim Zirkus", protestierte Theophil dann doch noch. „Opa! Sag Paul, wie ungeschickt ich bin!"

„Ich finde, das ist eine ganz hervorragende Idee, Paul.

So früh bin ich nämlich noch ein wenig steif in den alten Gebeinen."

„Ach was!", empörte sich Theophil. „Auf einmal spielt dein Alter eine Rolle! Auf einmal sind deine Gebeine steif!"

„Du bist außerdem der Leichteste und ein geschickter Junge und so können wir gleich zwei Fliegen mit einer Klappe schlagen", erwiderte sein Großvater.

„Zwei Fliegen?", fragte Berta.

„Allerdings", antwortete Opa Waldemar. „Wir finden heraus, welchen Weg wir nehmen müssen, und Theophil, was für ein tollkühner Kerl in ihm steckt."

„Ihr seid wohl verrückt geworden?" Theophil verschränkte die Arme vor der Brust, während sein Großvater schon den Drachen aus dem Mini-U-Boot holte.

„Ach was", winkte Paul ab. „Du kletterst auf den Wohnwagen, nimmst den Drachen und einer von uns fährt mit dem Motorrad los und zieht dich hinauf."

„Mit dem Motorrad?", echote Theophil. Das wurde ja immer verrückter.

„Nicht so schnell natürlich, aber schnell genug", sprang Berta ihrem Paul bei.

Und bevor Theophil noch weitere Einwände erheben konnte, hievten Opa Waldemar und der biegsame Paul schon den Drachen auf das Zirkuswagendach. Dann richteten sich alle Blicke auf Theophil.

„Im Ernst?", fragte der Junge nur.

„Natürlich." Sein Großvater blieb hartnäckig. „Du willst ja wohl nicht für immer durch dieses Labyrinth irren?"

Eine knifflige Entscheidung. Das wollte Theophil tatsächlich nicht. „Aber darüberfliegen, will ich auch nicht", brummte er.

„Und was willst du noch weniger als das andere?", fragte Berta.

„Na ja ..." Theophil überlegte. „Ewig hier drin herumirren", knirschte er schließlich.

Berta steckte die Finger ineinander zu einem Steigbügel. Damit hievte sie Theophil im Handumdrehen auf das Dach.

„Schon gut", beruhigte ihn Francesca. „Dir passiert nichts. Ich verspreche es dir. Du kannst das."

Theophil schaute nach unten und schluckte. Für seinen Geschmack war das schon hoch genug, aber das war ja nicht der Plan. Der Plan sah vor, dass er mit dem Drachen noch höher stieg. Noch viel höher. So hoch, dass er einen Blick über die Hecken erhaschen konnte, um herauszufinden, wo es langging.

„Du steigst einfach in den Sitz, legst den Gurt um und wenn ich losfahre, läufst du los."

Theophil gab sich einen Ruck, stieg mit zittrigen Knien in den Sitz, und als der alte Ringelblum losbrauste, lief der junge Ringelblum auch los und sprang schließlich vom Wohnwagendach. Und als er schon dachte, er würde im nächsten Moment auf den Boden knallen, segelte er plötzlich durch die Luft.

Huii! Was für ein Gefühl! Sein Großvater hatte ihn an der Schnur und er stieg hoch genug, um über die Hecke zu schauen. Dann ragte tatsächlich die Ecke eines Gebäudes in sein Blickfeld. Eine Ecke mit einem Erker dran und einem spitzen Türmchen drauf.

„Da!", rief Theophil. „Da vorn ist es." Er fuchtelte wild mit den Armen, um die Richtung anzuzeigen, und dabei geriet der Drache aus dem Gleichgewicht. Die Spitze zeigte abwärts und Theophil trudelte nach unten. „Oje, oje", jammerte er und schloss fest die Augen, bevor er gleich hart aufschlug. Da bohrte sich die Spitze des Drachens in eine Hecke und steckte fest, knapp über dem Boden. So knapp, dass Theophil ganz leicht aussteigen konnte.

„Bravo!", jubelte Opa Waldemar. „Der tollkühne Theophil in seiner fliegenden Kiste!", jubelte er und applaudierte.

Auch von den anderen bekam er tosenden Applaus, wie es sich nach einer geglückten Vorführung gehörte. Theophil wurde rot wie ein Radieschen. Bisher hatte er noch nie ein derartiges Kunststück vollbracht, obwohl ja genau genommen sein Großvater mit dem Motorrad den Großteil der Arbeit erledigt hatte. Aber immerhin war er nicht heruntergefallen, also durfte er schon ein bisschen stolz sein. Die Aufregung steckte ihm noch in den Knochen und sein ganzer Körper kribbelte. Er lachte. Und es hatte ihm tatsächlich Spaß gemacht. Ein ganz klein wenig zumindest. Doch das würde er natürlich niemals zugeben, sonst würde sein Großvater übermütig werden und ihn von einem Abenteuer ins nächste stürzen.

Also machten sie sich auf den Weg in die von Theophil angezeigte Richtung. Zumindest versuchten sie es, denn es klappte wieder nicht so, wie sie sich das vorgestellt hatten.

Sie konnten ja nicht direkt auf das Haus zulaufen, sondern mussten um zahlreiche Ecken biegen. Bald waren sie wieder so klug wie zuvor. Irgendwann standen sie an einer Kreuzung und konnten nur mehr raten, welche Abzweigung sie nehmen sollten. Ratlos blickten sie in die eine Richtung und ebenso ratlos in die andere, bis Minerva aus dem Beiwagen hüpfte und die Führung übernahm.

„Also gut", sagte Opa Waldemar. „Dann folgen wir eben unserer Prinzessin." Und die Pudeldame schien ganz genau zu wissen, wohin sie wollte. Sie steckte die Nase abwechselnd in die Luft und auf den Boden.

„Bestimmt schnüffelt sie uns ans Ziel", war Opa Waldemar überzeugt.

Nur wenig später bogen sie auf einen Weg hinaus, der endlich aus dem Labyrinth führte. Und da staunten sie nicht schlecht. Was für ein Prachtbau! Ein wahres Märchenschloss stand da mitten im Park. Mit Erkern, Schnörkeln und Türmchen und allem Drum und Dran. Was man eben so brauchte, um kein gewöhnliches Haus zu sein, sondern ein Herrenhaus oder sogar ein Schloss. Davor stand ein Karussell, das klingelte und fröhlich seine Runde drehte. Alle waren unglaublich beeindruckt.

„In einer pompösen Kutsche sollte man da vorfahren", rief Francesca.

„In einem silbernen Traktor", meinte Opa Waldemar.

„Mit einem goldenen Einrad", sagte Berta.

Sie hatten aber nur alte Motorräder, ein leicht rostiges Mini-U-Boot und einen Zirkuswagen, von dem an manchen Stellen schon die Farbe abblätterte.

„Was soll's", sagte Großvater Waldemar. „Dafür haben wir das Medaillon und das kleine Fläschchen mit den Samen."

Theophil strich über die Ausbuchtung seiner Jackentasche, wo er die beiden Schätze verstaut hatte. Bald sollten sie eine Antwort auf dieses Rätsel erhalten. Sein Herz pochte vor Aufregung, als sie vor dem Schloss hielten.

Das Märchenschloss

Auf der Terrasse vor dem Schloss war ein üppiges Frühstück vorbereitet. Ein Butler verteilte duftende Speisen am Tisch. Köstlichkeiten über und über, denn in einem Schloss mit Karussell gab es natürlich kein gewöhnliches Frühstück. Es gab das köstlichste Einmal-im-Jahr-Jahrmarktsfrühstück. Gebuttertes Popcorn, Grillwürstchen und Speck, karamellisierte Äpfel, in Schokolade getunkte Früchte am Spieß, Schmalzkringel und Krapfen. Kein Wunder, dass Minerva da auch blind hergefunden hätte. Theophil lief das Wasser im Mund zusammen.

Am Ende des Tisches thronte die Königin. Denn eine Königin musste sie sein, oder zumindest eine Gräfin. Auf jeden Fall war sie unheimlich reich und schaute unheimlich vornehm aus. Obendrein war sie unheimlich alt und verschrumpelt. Ihre knochigen Hände hielten eine zarte Kaffeetasse und einen silbernen Löffel. Neben ihr saß ein Mädchen, wenig älter nur als Theophil.

„Guten Tag", grüßte Opa Waldemar.

Doch die alte Dame reagierte nicht. Sie blickte ihn nur unverwandt an. Selbst der Butler schenkte den Gästen keinerlei Aufmerksamkeit und fuhr mit seiner Tätigkeit ungerührt fort.

„Vielleicht ist sie ja schwerhörig", raunte Theophil seinem Großvater zu.

„Guten Tag", wiederholte Waldemar Ringelblum also etwas lauter und sprach dann einfach weiter. „Wir hatten ja schon das Vergnügen, ihr fantastisches Labyrinth zu erkunden."

„Bis in den letzten Winkel, nehme ich an, so lange, wie Sie gebraucht haben, um den Ausgang zu finden", unterbrach ihn die alte Dame plötzlich.

„Besser spät als nie", sagte Opa Waldemar und lachte. „Aber unserer Hündin entgeht glücklicherweise nicht, wenn irgendwo Speck gebraten wird."

Minerva saß schon artig vor dem Butler und wartete, dass er aus Versehen eine Scheibe Speck fallen ließ. Aber ein richtiger Butler ließ natürlich niemals etwas fallen, auch nicht aus Versehen. Also trabte sie zu dem Mädchen hinüber. Schließlich machten auch Hunde so ihre Erfahrungen. Demnach waren Kinder weitaus spendabler als Erwachsene. Und prompt glitt ein Stück Grillwürstchen ganz aus Versehen von ihrem Teller und verschwand wie von Zauberhand in Minervas Maul.

Ein Pudel müsste man sein, dachte Theophil. Da lud man sich einfach selber ein, ob sich das gehörte oder nicht. Doch wenn Theophil sich nicht täuschte, war für fünf weitere Personen gedeckt.

„Wie auch immer", sagte die alte Dame. „Frühstück gibt es bei uns immer um halb neun. Sie sind zu spät und wir warten niemals auf Gäste, die zu spät kommen." Sie seufzte.

„Oh, uns war nicht klar ...", begann Berta.

„Natürlich wusste ich, dass Sie sich auf meinem Grund und Boden befinden", fiel die alte Dame ihr ins Wort. „Niemand kann unser Grundstück betreten, ohne dass wir darüber Bescheid wissen. Und meine Urenkelin Svea hat Sie bei ihrem Morgensport im Labyrinth entdeckt." Sie nahm einen Schluck Kaffee.

Also hatte er nicht geträumt. Theophil wusste nun, zu wem der Schatten im Morgengrauen gehörte.

„Ich hoffe doch sehr, Sie haben keinen Müll hinterlassen", fügte die alte Dame noch hinzu.

„Selbstverständlich nicht", empörte sich Francesca. „Wofür halten Sie uns denn?"

„Nun …" Die alte Dame ließ einen verächtlichen Blick über den etwas ramponierten Wohnwagen und das angerostete Mini-U-Boot gleiten. Sie sprach aber nicht weiter.

Dann schwiegen erst einmal alle und Theophil begann allmählich zu zappeln. Der Geruch machte ihn ganz verrückt.

„Dürfen wir uns setzen und mit Ihnen frühstücken?", platzte er schließlich heraus, weil er es nicht mehr länger aushielt.

Die alte Dame starrte ihn an.

„Mein Name ist Theophil Ringelblum", sagte er und stellte dann alle der Reihe nach vor. Das gehörte sich nun mal und ein so furchtbar vornehmer Mensch legte auf gute Manieren bestimmt großen Wert.

Die alte Dame nickte und deutete auf die leeren Stühle. Und obwohl sie vor nicht allzu langer Zeit ja schon gefrühstückt hatten, griffen alle noch einmal ordentlich zu. Es sah einfach so appetitlich aus.

„Und was genau haben Sie nun hier zu suchen?", fragte die alte Dame.

„Ach ja, richtig!", rief Großvater Waldemar und schlug sich gegen die Stirn. „Das hätten wir in der Aufregung beinahe vergessen." Er wischte sich den Mund mit einer feinen

Stoffserviette ab. „Eine gewisse Ophelia Lind", klärte er die alte Dame auf.

„Sie haben sie gefunden", bemerkte diese beiläufig. „Und was wollen Sie von mir?"

Opa Waldemar warf Theophil einen auffordernden Blick zu. Der Junge kramte die Sachen sogleich aus seiner Jackentasche.

„Wir beide, mein Enkel Theophil und ich, haben in meinem Haus kürzlich einen kleinen Wandsafe entdeckt." Er räusperte sich, um die Spannung zu erhöhen. „Darin fanden wir folgende Dinge: ein Medaillon und ein Fläschchen mit Samen."

Theophil stand auf und legte es vor die alte Dame auf den Tisch.

Sie zögerte, doch schließlich griff sie nach dem Medaillon und öffnete es mit zittrigen Fingern. Sie starrte lange darauf, ohne ein Wort zu sagen. Dann schluckte sie und wandte sich an das Mädchen.

„Das sind deine Ur-ur-Großmutter und ich." Svea lächelte und betrachtete das Bild.

„Ich danke Ihnen." Ophelia Lind nickte Großvater Waldemar zu.

„Oh bitte!", winkte dieser ab. „Nicht der Rede wert. Es war uns ein Vergnügen."

„Ihre Mutter war wohl eine berühmte Biologin zu ihrer Zeit", bemerkte Paul.

„Eine Kryptobiologin", berichtigte Ophelia Lind.

„Krypto-was?", rutschte es Theophil heraus.

„Meine Mutter, Anna Lind, hat sich mit ..." Sie überlegte. „Sie hat sich mit eher ungewöhnlichen Pflanzen beschäftigt, Pflanzen, die in Märchen erwähnt werden beispielsweise. Das war natürlich alles streng geheim, weshalb man darüber auch kaum Informationen findet."

Theophil machte wohl einen verwirrten Eindruck, also erklärte sie weiter. „Kennst du das Märchen Jakob und die Bohnenranke?"

Theophil nickte. Schließlich hatte er sich ja selbst solche Bohnen gewünscht, als er noch klein war. Natürlich wäre er auf der Ranke nicht ins Land der Riesen geklettert. Er hatte ja Angst vor Riesen und fand es gut, dass diese furchterregenden Wesen eine eigene Welt für sich hatten. Aber diese Bohnenranke wuchs ja immerhin bis zum Himmel hinauf und er wäre schon immer gern auf dem Mond spazieren gegangen. Natürlich hätte er sich gut gesichert, wenn er die Ranke hinaufkletterte. Und oben auf dem Mond hätte er dann weiche Zehn-Meter lange Sprünge gemacht.

„Nach diesen Bohnen hat meine Mutter gesucht", sagte Ophelia Lind. „Oder sie hatte versucht, sie zu züchten."

„Aber das ist doch nur ein Märchen", widersprach Theophil.

„Na und? In jedem Märchen steckt irgendwo ein wahrer Kern. Es gilt ihn nur zu finden."

„Hatte sie denn etwas gefunden?" Berta platzte fast vor Neugier.

„Oh ja", bestätigte die alte Dame. „Unser Haus ist voller Fundstücke aus unterschiedlichen Märchen."

„Was sind denn das für Fundstücke?", hakte Berta nach.

„Im Grunde war meine Mutter ja eine Mythenforscherin und hat sich nicht nur auf die Pflanzen beschränkt. Wir haben also ganz unterschiedliche Stücke." Ophelia Lind nahm einen Schluck Orangensaft und sprach weiter. „Wir besitzen das Bett der Prinzessin auf der Erbse mit allen zwanzig Matratzen und der Eiderdaunendecke."

Natürlich fiel es Theophil schwer, das zu glauben, und die alte Dame bemerkte das.

„Du glaubst mir wohl nicht?" Sie fixierte Theophil und ihre linke Augenbraue wanderte nach oben.

Theophil stotterte herum und suchte nach den richtigen Worten. „Es sind doch nur Märchen", platzte er schließlich heraus. „Daran glaubt doch kein Mensch."

„Du kannst dich ja mit eigenen Augen davon überzeugen, wenn du mir nicht glaubst", bot die alte Dame an.

„Mit eigenen Augen überzeugen?", wiederholte Theophil.

„Wieso nicht? Unser Haus ist so etwas wie ein Museum für Mythen, Sagen und Märchen. Nicht wahr, Svea?" Svea nickte und lächelte.

Das ließ Theophil sich nicht zweimal sagen. Er war immer schon ein Märchen-Fan. Natürlich waren die Geschichten mitunter ein wenig schaurig, aber es kamen auch richtig tolle Sachen darin vor. Nicht nur die Wunderbohnen, auch der Tisch aus Tischlein deck dich oder das Lebkuchenhaus aus Hänsel und Gretel. Am liebsten hätte er aber den sprechenden Frosch aus Der Froschkönig gehabt. Bevor ihn die Prinzessin an die Wand pfefferte und in einen langweiligen Prinzen verwandelte.

„Das wäre ja ganz reizend", flötete Berta, die auch schon immer ein großer Märchenfan war.

Ophelia Lind nickte. „Das ist natürlich nur ein Gefallen, weil Sie mir das Medaillon wiedergebracht haben. Normalerweise trampeln bei uns keine Fremden durchs Haus."

„Selbstverständlich nicht", sagte Opa Waldemar. „Wir werden uns alle Mühe geben, nicht zu trampeln."

Dann blickte die alte Dame Theophil streng an. „Und was ist mit dir?", blaffte sie. „Kinder sind ja oftmals regelrechte Trampeltiere", behauptete sie.

„Ich bin kein Trampeltier", beteuerte er. Du verschrumpelte alte Hexe, fügte er im Geiste hinzu.

Und da kicherte Svea. Just in dem Moment, in dem Theophil das mit der verschrumpelten alten Hexe gedacht hatte.

Theophil fühlte sich natürlich gleich ertappt und lief ribiselrot an. Wenn die nicht Gedankenlesen konnte, fraß er einen Besen. Und wieder gluckste Svea los, just in dem Moment, in dem er den Besengedanken zu Ende gedacht hatte. Das ging natürlich zu weit. Wenn schon jemand seine

Gedanken las, dann mussten es harmlose Gedanken sein. Theophil überlegte und schaute sich um, was harmlos genug war, dass dieses seltsame Mädchen es getrost in seinem Kopf lesen konnte.

Karussell, Karussell, dachte er. In seinem Kopf war nun nichts weiter als ein herumwirbelndes Karussell. Davon wurde ihm allerdings ein wenig schlecht und daher musste er es in Gedanken schnell wieder anhalten.

Dornröschens Spinnrad

In seinem Inneren war das Lind-Anwesen nicht weniger Schloss als draußen. Die Böden waren aus Marmor, Statuen säumten einen breiten, geschwungenen Stiegenaufgang. Auf Hochglanz polierte Kommoden, imposante Ölgemälde. Alles schaute unheimlich kostbar aus.

Svea stieß Theophil leicht in die Rippen.

„Langweilig, oder?", flüsterte sie. „Der Kram ist schon seit Generationen im Familienbesitz und jetzt stell dir mal vor, du musst das alles abstauben." Sie kicherte wieder. „Aber keine Angst, der Märchenteil ist nicht schlecht."

„Ist deine Großmutter eigentlich immer so unfreundlich?", fragte Theophil.

Normalerweise würde er so etwas natürlich nicht fragen, aber weil das Mädchen ohnehin seine Gedanken lesen konnte, machte es keinen Unterschied.

„Meine Urgroßmutter", korrigierte Svea. „Meine Großmutter ist auf Kur an der italienischen Riviera."

„Okay", sagte Theophil und wartete auf die Antwort.

„Meine Urgroßmutter ist nicht unfreundlich, allerhöchstens ein wenig ruppig oder wie mein Vater sagen würde: Sie ist ein boshafter alter Gnom." Dann lachte sie wieder und Theophil wusste nicht, ob er hier mitlachen durfte.

„Ich liebe Urgroßmutter Ophelia", schwärmte Svea. „Bei ihr darf ich machen, was ich will." Svea ließ gleich eine riesige Kaugummiblase platzen. Sie kratzte die Reste aus ihrem Gesicht und klebte den Kaugummi im Vorübergehen an eine antike chinesische Vase. „Das macht unsere Hausdame Matilda wahnsinnig", feixte sie und grinste.

„Was ist mit ihrer Mutter passiert? Wisst ihr, wo sie geblieben ist?"

„Meine Urgroßmutter war immer davon überzeugt, dass sie im Wunderland verschwunden ist", sagte Svea.

„Im Wunderland?" Theophil runzelte die Stirn. „Das Wunderland von Alice mit dem großen Kaninchen, der allwissenden Raupe und dem verrückten Hutmacher?"

„Oh ja. Urgroßmutter Ophelia sagt, ihre Mutter hätte nach dem Eingang gesucht und womöglich hat sie ihn ja auch gefunden."

„Aber warum ist sie dann nicht wieder aufgetaucht? Alice kam ja schließlich auch zurück."

„Vielleicht ließ die Herzkönigin ihr ja den Kopf abschlagen", vermutete Svea.

„Das ist ja entsetzlich!", rief Theophil.

„Könnte doch sein." Svea zuckte mit den Schultern. „Wir werden wohl nie erfahren, was wirklich mit ihr passiert ist."

Ophelia Lind stieg würdevoll die Stufen hinauf, und obwohl sie ja schon bald hundert Jahre alt sein musste, schien ihr das keinerlei Mühe zu bereiten. Im oberen Stockwerk wartete sie vor einer hohen zweiflügeligen Tür, bis alle da waren.

„Hier sind wir also im märchenhaften Teil unseres Anwesens." Sie räusperte sich, warf einen strengen Blick in die Runde und setzte in einem rauen Befehlston nach: „Nichts anfassen, wenn ich bitten darf!" Dann öffnete sie die Tür.

Der Raum war weitläufig, beinahe so groß wie ein Saal. Gleich links neben der Tür stand ein Kleiderständer. Und weil es ziemlich warm war, zog Paul seine Jacke aus und wollte sie darauf hängen.

„Wehe, Sie wagen es, den Kleiderständer zu berühren!" Mit schnellen Schritten war Ophelia Lind vor den überraschten Paul getreten. „Was fällt Ihnen denn ein?"

„Ich ..." Paul stotterte. „Ich ..." Er schaute sich unsicher um. „Ich wollte nur meine Jacke an den Kleiderständer hängen. Mir ist nun doch ein wenig warm geworden."

„Grundgütiger!" Sie stöhnte und schloss die Augen. Man brauchte viel Geduld mit diesen Leuten. „Dies hier ist ein kaiserlicher Kleiderständer."

„Oh!", hauchte Paul ehrfürchtig und beäugte das unscheinbare Teil.

„Ja!", bekräftigte Ophelia Lind. „Und da kommen nur kaiserliche Jacken drauf."

„Natürlich", bestätigte Paul. „Nur kaiserliche Jacken und sonst nichts."

Die alte Dame nickte. „Auf diesem ganz besonderen Kleiderständer hängen des Kaisers neue Kleider", erklärte sie feierlich. „Und die sind ja bekanntlich unsichtbar."

„Ich dachte, die Kleider wären schlicht nicht vorhanden gewesen", wunderte sich Paul.

„Das ist nichts weiter als eine bösartige Verleumdung. Man entschied sich, dass es besser wäre, den König wie einen Idioten dastehen zu lassen, als das Geheimnis um die Unsichtbarkeit preiszugeben. Wer weiß, was die Menschen mit so einer Erfindung anfangen würden? Räuber könnten ungesehen überall eindringen, wo immer sie wollten."

„Oh!", staunte Paul. Er verkniff sich den Einwand, dass diese Räuber dann ja immer noch zu sehen wären, wenn auch nackt, denn unsichtbar waren ja nur die Kleider. „Ich bitte um Verzeihung. Ich werde meine Jacke einfach in der Hand halten."

Ophelia Lind nickte und wandte sich wieder der Gruppe zu. „Den Tisch aus Tischlein deck dich haben Sie ja schon gesehen", bemerkte sie.

„Ach ja?" Francesca drehte sich in alle Richtungen. „Wo denn?"

„Es war natürlich unser Frühstückstisch!", behauptete die alte Dame. „Oder denken Sie vielleicht, dass unser Ole die ganzen Köstlichkeiten allein zubereitet und herbeigeschleppt hat?"

Francesca zuckte mit den Schultern.

„Der Tisch leistet nun schon seit rund zweihundert Jahren hervorragende Dienste. Da wäre es doch die pure Verschwendung, ihn in einem Museum verstauben zu lassen."

Dem konnte Theophil nur zustimmen. Wer diesen Tisch besaß, musste ihn auch nutzen. In seinem Zimmer bekäme er mit Sicherheit einen Ehrenplatz. Ansonsten war der Raum im Grunde nichts Besonderes. Er schien mit ganz und gar alltäglichen Dingen vollgestellt. Auf den ersten Blick zumindest. Schalen, Spiegel, Schuhe. Und drüben an der Wand ein Bett mit vielen Matratzen drauf.

„Sind das die Matratzen, auf denen die Prinzessin auf der Erbse schlief?", fragte Theophil.

„Allerdings. Genau das sind sie."

„Aber wie kann man da so sicher sein?", hakte Theophil nach. Es konnten ja irgendwelche Matratzen sein. Irgendwelche Matratzen aus dem nächstbesten Matratzengeschäft.

„Der Abdruck der Erbse ist noch ganz deutlich erkennbar", stellte Ophelia Lind fest.

„So etwas kann man ja wohl ganz leicht faken", zeigte sich Theophil unbeeindruckt.

„Meine Mutter hatte sie von dem Königspaar persönlich, auf dem die Geschichte basiert", knurrte die alte Dame. Sie schätzte es ganz offensichtlich nicht, wenn ihre Ausführungen in Frage gestellt wurden.

Obwohl Theophil immer noch nicht von der Geschichte über zeugt war, nickte er und Ophelia Lind setzte ihre Führung fort. „Hier haben wir das Nadelkissen des tapferen Schneiderleins und gleich daneben die Flöte des Rattenfängers."

„Ah" und „Oh", raunten Opa Waldemar, Francesca, Paul und Berta.

Bestimmt nur aus Höflichkeit, war Theophil sicher. Er glaubte nämlich nicht an Märchen, egal, was ihnen hier aufgetischt wurde.

„Sie haben nicht zufällig die Gans, die goldene Eier legt?", fragte Großvater Waldemar. Goldene Eier wären nämlich toll. Er wollte immer schon sagenhaft reich sein.

Die alte Dame schenkte ihm einen missbilligenden Blick und Opa Waldemar deutete mit einer Handbewegung an, ab nun seinen Mund mit einem imaginären Reißverschluss geschlossen zu halten.

„Und das hier ist ein ganz besonderes Relikt", fuhr Ophelia Lind fort und trat einen Schritt zurück, um den anderen eine bessere Sicht auf dieses Ding zu ermöglichen. „Was denken Sie, was das ist?"

Nach der Reihe betrachteten sie ein seltsames Etwas unter einem Glassturz. Die Stirnen wurden gerunzelt und das ominöse Ding von allen Seiten betrachtet. Doch niemand vermochte zu sagen, um was genau es sich handelte.

„Sieht aus wie ein verschrumpelter Zeh", vermutete Paul schließlich, weil ihm nichts Besseres einfiel. Er lachte, weil natürlich niemand in einem vornehmen Schloss wie diesem einen schrumpeligen Zeh unter einem Glassturz aufbewahren würde.

„Und genau das ist es", triumphierte Ophelia Lind. „Ein mumifizierter Zeh, um präzise zu sein." Die alte Dame schien besonders stolz auf dieses spezielle Ausstellungsstück zu sein. Sie nickte und verschränkte die Arme vor der Brust.

Theophil, sein Großvater, Francesca, Paul und Berta warfen einander ratlose Blicke zu und Prinzessin Minerva schnüffelte interessiert an dem Glas.

„Das coolste Teil überhaupt", raunte Svea dem Jungen zu und stieß ihn sanft in die Seite.

„Ich kenne kein Märchen, in dem ein mumifizierte Zeh vorkommt", bemerkte Theophil.

„Nun, dann solltest du aufmerksamer lesen oder zuhören", schnauzte Ophelia Lind. „Dann wäre dir vielleicht nicht entgangen, dass Aschenputtel zwei Stiefschwestern hatte."

„Das ist mir nicht entgangen", empörte sich Theophil. Er kannte die Geschichte von Aschenputtel, wie wahrscheinlich jedes andere Kind auch. Er erinnerte sich an Kürbisse, Mäuse, Tauben, gläserne Pantoffeln, aber von einem mumifizierten Zeh wusste er nichts.

„Nun, dann weißt du ja vielleicht auch noch, dass besagte Stiefschwestern nicht so zarte Füße wie Aschenputtel hatten, sondern regelrechte Quadratlatschen. Und als der Prinz nun auf der Suche nach der geheimnisvollen

Frau war, die um Mitternacht den Ball verlassen und ihren Schuh verloren hatte, reiste er durchs Land, um den passenden Fuß zu dem Schuh zu finden." Sie atmete tief durch und erzählte weiter. „Und was haben die Stiefschwestern getan, um in den Schuh zu passen, der natürlich viel zu klein für ihre Monsterfüße war?"

„Eine hat sich den großen Zeh abgeschnitten, um hineinzupassen", rief Berta.

„Eine hat sich den großen Zeh abgeschnitten, um hineinzupassen", wiederholte Ophelia Lind. „Ruckedigu, Blut ist im Schuh, verkündeten die Tauben daraufhin." Die alte Dame lächelte. „Und dies ist eben jener große Zeh der zweiten Stiefschwester."

„Na, ist das nicht cool?", flüsterte Svea.

„Allerdings", stimmte Theophil zu. „Und auch ziemlich eklig."

„Und hier drüben haben wir Dornröschens Spinnrad."

„Nicht Rumpelstilzchens Spinnrad, das Stroh zu Gold spinnen kann?" Opa Waldemar lachte. Er nahm das Ganze hier wohl ebenso wenig ernst wie Theophil.

„Dornröschens Spinnrad", wiederholte die alte Dame. „Sie können es ja mal ausprobieren und sich in den Finger stechen", schlug sie vor und blickte ihn böse an, weil er sie schon wieder unterbrochen hatte.

„Warum nicht?", erwiderte Opa Waldemar. „Ein kleines Nickerchen könnte ich jetzt gut gebrauchen." Und ehe

Ophelia ihn davon abhalten konnte, pikste er sich in den Finger. Nicht besonders fest, aber es reichte, denn schon sank er zu Boden und begann ohrenbetäubend zu schnarchen.

„Verflixter Kuhmist!", fluchte Ophelia. „Das ist jetzt ein Problem." Sie seufzte laut.

„Wieso?", rief Theophil. „Er wacht doch wieder auf?"

„Natürlich wacht er wieder auf." Sie nickte. „In hundert Jahren", murmelte sie in sich hinein.

„Wie bitte?" Theophil riss die Augen auf, denn Murmeln hin oder her, er hatte genau verstanden, was sie da gerade Ungeheuerliches behauptet hatte. „In hundert Jahren?"

„Ich fürchte ja", meinte Ophelia und hob entschuldigend die Hände.

„Aber das geht doch nicht." Theophil schaute aus, als würde er jeden Moment zu weinen beginnen. „Opa Waldemar ist doch selbst schon fast hundert Jahre alt." Er blickte seinen Großvater an, der ausgestreckt auf dem Boden lag und tief und fest schlief.

„Hundert Jahre", wiederholte Ophelia Lind. „Es sei denn …?"

„Es sei denn was?" Theophil konnte es nicht fassen.

„Es sei denn, du machst dich auf den Weg und holst das Gegenmittel. Es gibt nämlich einen Platz, wo praktisch Samen von allen Nutzpflanzen der Welt aufbewahrt werden. Du musst dafür nur hinauf in den Norden. Weit hinauf in den Norden, wo die Eisbären wohnen."

Theophil schluckte. Eisbären, hallte es in seinem Kopf nach.

Er suchte Rat und Beistand bei Berta, Paul und Francesca, doch die drei zuckten nur ahnungslos mit den Schultern.

Du bist der Auserwählte, hatte Madame Melina gesagt. Theophil schüttelte langsam den Kopf. Das Ganze war doch sicher nur ein Trick, um ihn an der Nase herumzuführen. Sein Opa hatte ja die verrücktesten Ideen. Es war beinahe so, als wäre er in einer fantastischen Geschichte gelandet. Als wäre er beim Lesen darüber eingeschlafen und darin aufgewacht. Und wie fand man heraus, ob man schlief oder hellwach war? Man zwickte sich. Dann wachte man entweder auf, und alles war wie immer, oder eben nicht. Dann war man der Auserwählte und musste dafür sorgen, dass Opa Waldemar nicht die nächsten hundert Jahre verschlief. Also kniff er die Augen ganz fest zu, zwickte sich in den Oberarm, öffnete die Augen und wurde von allen nur verwundert angestarrt.

„Ich ...", setzte er an und verstummte kurz. „Ich weiß nicht, ob ich das kann", sagte er schließlich und sah dabei furchtbar traurig aus.

„Ich auch nicht", sagte Ophelia. „Aber das findest du bestimmt bald heraus. Entweder kannst du es oder du wirst vom Eisbären gefressen."

Es musste einfach noch eine andere Lösung geben. Theophil bückte sich zu seinem Großvater und rüttelte an ihm. Keinerlei Reaktion. Dann schrie er in sein linkes Ohr, schließlich in sein rechtes. Er blies hinein und schlussendlich kniff er ihn noch fest. Wenn er jetzt nicht aufwachte, dann … Dann setzte Theophil sich erst einmal neben seinen schlafenden Großvater, denn dieser war leider nicht aufgewacht. Er musste nachdenken, ob hier alles mit rechten Dingen zugehen konnte.

Natürlich steckten hier alle unter einer Decke, dachte er in einem Moment. Oder aber niemand steckte mit niemandem unter einer Decke, dachte er im nächsten. Sein Großvater schlief, und zwar womöglich für die nächsten hundert Jahre. Das war vollkommen verrückt und unmöglich. Oder wie war das mit dem wahren Kern in jeder Geschichte? Apropos Kern: Er hätte jetzt gern ein großes Stück Kirschkuchen. Wie er jetzt an Kirschkuchen denken konnte, verwirrte ihn noch mehr und weil das alles zu viel für ihn war, fiel er in Ohnmacht. Aber nicht lange, denn er musste ja das Gegengift besorgen, damit Opa Waldemar wieder aufwachte, bevor hundert Jahre um waren und der arme Mann niemanden auf der Welt mehr hatte, weil alle schon gestorben waren.

So wurde er wohl doch noch zu einer Art Auserwählten. Auserwählt, seinen Großvater vor einem ewig andauernden Schlaf zu bewahren. Der tollkühne Theophil. Diese Vorstellung fand er so verrückt, dass er haltlos zu kichern begann. Alle schauten ihn an und Theophil schüttelte kichernd den Kopf.

Reise ins Ungewisse

„Also gut", begann Ophelia Lind und entfaltete eine große Landkarte auf dem Tisch. „Dort oben im Norden ist es natürlich ziemlich kalt und deswegen hat man die Samenbank just dort, tief drinnen in einem Berg und nicht irgendwo anders eingerichtet. Es ist sozusagen ein natürlicher Kühlschrank und deswegen halten sich die Samen unheimlich lange. Dort sind die Samen fast aller Nutzpflanzen unserer Welt gelagert. Die unterschiedlichsten Getreidesorten, Kartoffeln, Tomaten, Mais und was man sich noch so vorstellen kann. Wenn man bedenkt, dass es allein mehr als zweitausend Kartoffelsorten auf der Welt gibt, kann man sich ausmalen, wie groß diese Anlage sein muss. Dort bringen die Staaten ihre Samen hin, damit sie nicht für immer verloren sind, falls ein Krieg ausbricht oder eine Naturkatastrophe alles zerstört. So können die Pflanzen im schlimmsten Fall wieder nachgezüchtet werden." Sie blickte kurz auf und fuhr dann fort.

„Soweit zum offiziellen Teil dieser Samensammlung. Es gibt allerdings auch noch einen inoffiziellen Teil. Dort lagern die Kryptosamen, wie die Antischlafmohnsamen, die ihr braucht. Diese Kryptosamenbank ist also euer Ziel."

„Kryptosamen?", warf Francesca ein. Sie liebte ihren Garten und zog dort alles, was gut schmeckte. Kraut und Rüben, Kartoffeln, Beeren, Äpfel, Birnen, Kirschen und noch eine ganze Menge andere Köstlichkeiten. Kryptozeugs hatte sie allerdings keines.

„Man möchte gar nicht glauben, was in den Labors so zusammengebraut wird", behauptete Ophelia Lind. „Manches ist harmlos, manches nicht und manches ist einfach ..." Sie hielt inne und überlegte, wie sie das am besten ausdrücken sollten. „Manche sind einfach zu seltsam, als dass man sie in die Welt bringen wollte. Also sind Kryptosamen Samen von Pflanzen, die nicht allgemein bekannt sind, wie beispielsweise unsichtbare Erbsen."

„Unsichtbare Erbsen?" Theophil schwirrte der Kopf von all den Absonderlichkeiten, die er hier zu hören bekam.

„Ja", sagte Ophelia. „Wer sie isst, wird ..." Sie verstummte und schaute Theophil erwartungsvoll an. „Na, was denkst du?"

„Unsichtbar?" Theophil hatte etwas gezögert bei seiner Antwort. Das erschien ihm doch ziemlich fantastisch.

„So ein Unsinn." Ophelia schüttelte den Kopf. „Wer sie isst, wird natürlich grün. Es sind schließlich Erbsen, du Dussel."

„Wieso denn grün?", wollte Theophil wissen.

„Wieso denn nicht?", konterte Ophelia. „Ich behaupte ja nicht, dass jede Erfindung die Probleme der Welt lösen wird, manche sind einfach nur unterhaltsam. Wenn du dich als Frosch oder Marsmännchen verkleiden möchtest, musst du dich nicht erst grün anmalen. Einfach ein paar Erbsen vertilgt und schon schillerst du im schönsten Grün wie unser wunderbarer Rasen."

Sie bemerkte Theophils skeptischen Blick und sprach weiter. „Würde dir Schokkoli besser gefallen?"

Darunter konnte sich Theophil genauso wenig vorstellen.

„Schokkoli ist eine Kreuzung zwischen Schokolade und Brokkoli. Sieht aus wie echter Brokkoli nur in braun."

Ob braun oder grün, Theophil konnte Brokkoli so oder so nicht leiden.

„Schokkoli schmeckt wie Schokolade, ist aber so gesund wie grüner Brokkoli", behauptete die alte Dame.

„Wieso kennt man so etwas nicht?", rief Theophil, nachdem er die Tragweite dieser Information erkannt hatte. Er war geradezu empört. Wenn es tatsächlich so etwas wie nach Schokolade schmeckenden Brokkoli gab, durfte man das der Welt nicht vorenthalten. Das grenzte ja beinahe an ein Verbrechen. Dieser Schokkoli musste ein wahrer Verkaufshit sein, ein echter Knüller! Wie viele Generationen von Kindern mussten schon dieses grüne Gestrüpp hinunterwürgen? Theophil hasste dieses Zeug und damit war er bestimmt nicht allein. So etwas Fantastisches wie Schokkoli durfte nicht in irgendeiner geheimen Samenbank vergammeln.

„Die Schokoladenindustrie hat alles darangesetzt, dass dieser Schokkoli niemals auf den Tellern der Kinder landet.

Sie befürchteten nämlich, dass sie dann weniger Schokolade verkaufen würden, wenn es eine gesunde und ebenso schmackhafte Alternative gab. Schokolade schmeckt zwar unheimlich gut, ist aber eben auch kein bisschen gesund." Theophil glaubte das nicht. Er persönlich würde Schokkoli und Schokolade essen. Womöglich konnte er ja etwas von diesem Wundersamen mitnehmen, wenn er schon dort war. Er nahm sich fest vor, danach zu fragen.

„Wie auch immer", fuhr Ophelia Lind fort. „Man kann bei der Samenbank nicht einfach ganz normal klopfen und nach Antischlafmohnsamen fragen. Man würde nur verständnislos angestarrt werden, bevor einem die Tür vor der Nase zuschlagen würde. Man klopft dreimal kurz, zweimal lang und viermal kurz."

„Warum das denn?", wollte Paul wissen.

„Darum!", fauchte die alte Dame. „Was sollen diese andauernden Unterbrechungen? So wird das ja nie etwas. Wollen Sie nun wissen, wie Sie dort hineingelangen können oder nicht?"

Alle nickten.

„Dann bitte ich um Ruhe", knurrte sie. „Wenn also dreimal kurz, zweimal lang und viermal kurz geklopft wurde, wird Sören öffnen."

„Sö...", setzte Theophil an, doch als Ophelia Lind warnend ihre Hand hob, verstummte er sofort wieder.

„Sören ist der Portier in der Kryptosamenbank. Man sagt ihm, was man braucht und bezahlt."

„Bezahlen?", fragte Theophil.

„Natürlich", bekräftigte die alte Dame. „Auf der Welt ist nichts umsonst."

„Und was kosten Antischlafmohnsamen?"

„Eine Packung reicht, also müssten zehn Unzen gläserne Einhorntränen reichen."

„Gläserne Einhorntränen?" Theophil klappte die Kinnlade herunter.

„Dir kann man auch jeden Unsinn einreden." Ophelia Lind huschte ein boshaftes Lächeln übers Gesicht. „Einhorntränen!", höhnte sie. „Als ob es so etwas gäbe." Sie schüttelte den Kopf. „Einhörner weinen niemals. Das weiß doch jedes Kind."

Theophil wurde langsam ärgerlich. Wenn sein Großvater allen Ernstes hundert Jahre schlafen konnte, weil er sich an einer Spindel gestochen hatte, konnte es ja wohl auch gläserne Einhorntränen geben.

„Glücklicherweise interessiert sich Sören nicht im Geringsten für gläserne Einhorntränen", fuhr Ophelia Lind fort. „37 Zitronencupcakes sollten es auch tun. Er ist eine fürchterliche Naschkatze."

Ophelia Lind tippte auf die Karte. „Hier müsst ihr dann ins Wasser, schließlich geradeaus bis zur anderen Seite, dann nehmt ihr den siebten Fjord von links. In dem schwimmt ihr bis zum Ende, schlussendlich müsst ihr raus aus dem Wasser und zu Fuß weiter. Immer den Wegweiser nach, dann kann man das Ziel gar nicht verfehlen." Sie überlegte und sprach schnell weiter. „Also, was den Wegweiser betrifft, muss man genau in jene Richtung gehen, in die kein Schild zeigt. Schließlich ist diese Kryptosamenbank ja unheimlich geheim, weshalb dorthin natürlich kein Wegweiser führt. Und wenn man am Weg nicht von einem Eisbären gefressen wird, sollte man nicht länger als eine Stunde brauchen." Sie lächelte. „Also rauf aufs Motorrad, die Cupcakes kaufen, rein ins Mini-U-Boot, aussteigen, marschieren und klopfen und das war's schon."

„Du schaffst das", versicherte Svea Theophil und drückte ihm einen Taucheranzug in die Hand, den sie schnell aus ihrem Zimmer geholt hatte. „Für den Fall der Fälle", sagte sie.

„Was für einen Fall denn?" Das alles gefiel Theophil überhaupt nicht.

„Dass du unterwegs aussteigen musst, zum Beispiel", sagte Svea. „Könnte doch sein."

„Wieso sollte ich denn unterwegs aussteigen?"

„Weil das Mini-U-Boot ein Loch hat, das jemand stopfen muss."

„Wieso sollte es denn ein Loch haben?"

„Weil ein Orca hineingebissen hat oder weil ..."

„Ist doch ein Kinderspiel", unterbrach sie Paul. „Berta braucht zwar eine kleine Pause, aber wir drei schaffen das mit Leichtigkeit. Wir sind im Handumdrehen wieder da und der alte Waldemar ist putzmunter wie eh und je."

Theophil fügte sich in sein Schicksal. Seinen Großvater ewig schlafen zu lassen, kam ohnehin nicht in Frage, beißwütige Orcas hin oder her. Also verabschiedeten sich alle noch einmal von dem Schlafenden, der mittlerweile auf ein Sofa gebettet worden war, und auch von Berta, die wegen ihrer Hüfte nicht mitfahren konnte.

Vor dem Haus drückte Ole noch jedem ein Proviantpaket in die Hand, verbeugte sich kurz und verschwand wieder im Haus. Den selbst gebauten Drachenflieger verstauten sie in der Garage. Dann kletterte Theophil hinter Minerva in den Beiwagen und Paul nahm hinter Francesca am Motorrad Platz. Sie winkten noch einmal kurz und schon brausten sie los Richtung Küste. Das Mini-U-Boot rumpelte hintennach.

Jetzt mussten sie wieder durch das Labyrinth und seltsamerweise fanden sie diesmal den richtigen Weg auf Anhieb. Dann rollten sie langsam in die Stadt, stellten das Motorrad samt Mini-U-Boot am Hauptplatz ab und machten erst einmal ihre Erledigungen. Francesca und Theophil übernahmen die Bäckerei und Paul drehte mit Minerva eine Runde.

Als sich kurz drauf wieder alle am Hauptplatz trafen, brachten Francesca und Theophil nicht nur die Zitronencupcakes mit, sondern auch noch für jeden eine Zimtrolle und Hundekuchen für Minerva. Dann fuhren sie los.

Es dauerte drei Stunden, bis der Atlantik glitzernd vor ihnen lag. Drei Stunden, in denen Theophil an seine Eltern dachte, wie es ihnen in Afrika wohl erging und wie er ihnen beibringen sollte, dass Opa Waldemar im Schloss der Familie Lind hundert Jahre schlafen würde. Für den Fall, dass er es nicht schaffte, diese geheimnisvollen Antischlafmohnsamen zu besorgen. Und weil er nicht wusste, wie er seinen Eltern diese Ungeheuerlichkeit beibringen sollte, musste er es einfach schaffen.

Und das, obwohl so unheimlich viel schiefgehen konnte, wenn er es recht bedachte. Das Mini-U-Boot konnte ein Loch haben und bis zum Meeresgrund absinken. Das Meer konnte so hohe Wellen schlagen, dass sie einfach nicht vom Fleck kamen oder kenterten. Sie konnten sich im Tangwald am Meeresgrund verirren, den sechsten Fjord von links anstelle des siebten erwischen, beim Wegweiser in die falsche Richtung laufen, weil ein Sturm die Schilder verdreht hatte, oder am Ende doch noch von einem hungrigen Eisbären gefressen werden. Schließlich fanden die wegen der Erderwärmung immer weniger zu fressen und da kamen langsame Menschen natürlich gerade recht.

Theophil seufzte. Es grenzte ja an ein Wunder, sollte alles reibungslos ablaufen, und er glaubte so wenig an Wunder wie an Märchen. Er schluckte und kämpfte gegen die Tränen. Dieses ganze Unternehmen war doch von vornherein zum Scheitern verurteilt. Wie sollten ein kleiner Junge, der weder mutig noch besonders geschickt war, und zwei alte Zirkusleute all diese Herausforderungen meistern? Das würde er nun bald herausfinden, so viel war sicher. Denn ein Zurück gab es nun nicht mehr.

Im hintersten Winkel der hintersten Kammer

Vor der Stadt, in der Theophil wohnte, gab es einen kleinen See, zu dem die Leute zum Schwimmen gingen. Theophil mochte ihn nicht. Wegen der Hechte und Welse, die darin wohnten. Raubfische, die eine beträchtliche Größe erreichen konnten. Das behagte ihm ganz und gar nicht. Doch nun stand er vor dem Ozean mit viel größeren Fischen drin, von denen mit Sicherheit immer einer gerade hungrig war.

Theophil war zwar schon einmal am Meer gewesen, aber bisher hatte er sich niemals weit vom Strand entfernt. Nun ging es hinaus aufs offene Wasser mit seinen Haien, Walen und riesigen Tintenfischen, die so ein Mini-U-Boot einfach verschlucken oder problemlos in die Tiefe ziehen konnten. Tintenfische waren schließlich unheimlich schlau. Sie konnten Schraubgläser öffnen, um an ihre Beute zu kommen. So ein selbst gebautes Mini-U-Boot hätte ein Tintenfisch in Nullkommanix geknackt. Dann konnte er einfach seine langen Krakenarme hineinstecken und einen nach dem anderen herausholen. Für einen Riesenkraken waren sie bestimmt nicht mehr als ein kleiner Imbiss.

Paul und Francesca zögerten allerdings keinen Moment und Minerva genauso wenig. Die Pudeldame stürzte sich regelrecht in die Wellen und tauchte schon unter, während die alten Zirkusleute das Mini-U-Boot ins Wasser schoben. Ohne viel Federlesens hoben sie Theophil ins Boot und im Nu waren alle drin.

„Und jetzt?", fragte Paul, als die Schotten dicht und alle zur Abfahrt bereit waren. „Weiß jemand, wie man dieses Ding startet?"

Theophil schüttelte den Kopf. Francesca ebenfalls. Also drückten sie erst einmal alle möglichen Knöpfe. Das Mini-U-Boot rülpste, gluckerte, Luken gingen auf und wieder zu, Musik brachte die Lautsprecher zum Vibrieren. Und endlich, als sie schon kurz vorm Verzweifeln waren, ging ein sanftes Raunen durch das Gefährt, es begann zu schnurren und ratterte los. Und schließlich schafften sie es auch, zu tauchen.

Theophil war der Steuermann. Erst war er etwas unsicher, er hatte ja nicht einmal den Führerschein. Andererseits konnte man ja unter Wasser schwerlich gegen einen Baum krachen. Also entspannte er sich und allmählich machte es ihm sogar Spaß.

„Keine Sorge", beruhigte ihn Francesca zusätzlich. „Der Sauerstofftank reicht für zwei Tage. Selbst wenn wir uns ein wenig verfahren, kommen wir schon klar."

Volle zwei Tage unter Wasser zu sein, fand Theophil allerdings ziemlich beängstigend. Er schluckte.

„Ach was." Paul klopfte gegen das Periskop. „Wir können

doch jederzeit wieder auftauchen und mit dem Rohr hier sehen wir, was da oben vor sich geht."

Im dichten Tangwald schreckten sie ein paar Fische auf, und als sie tiefer gelangten, sah Theophil bald nicht mehr, wohin er fahren musste. So weit nach unten gelangte das Licht nämlich nicht und mit einem Mal war es stockdunkel. Stockdunkel wie in einem Affenarsch, würde Opa Waldemar sagen, wenn er nicht alles verschlafen würde. Glücklicherweise hatte er bei seinem Mini-U-Boot aber nicht auf Scheinwerfer vergessen. Theophil fand auch den dazugehörigen Knopf und fortan leuchteten sie den Weg durch diese kohlrabenschwarze Finsternis.

So tief unten war es aber nicht nur zappenduster, sondern auch mucksmäuschenstill. Dann und wann tauchten schemenhafte Wesen im Scheinwerferkegel auf und verschwanden wieder. Schemenhafte Wesen, fluoreszierend und fremdartig, leuchtende blaue und rosa Schnecken, geisterhafte Quallen und bizarre Fische. Manche davon schienen die Menschen hinter ihrer Scheibe neugierig zu beäugen. Es war eine faszinierende Reise und Theophil überlegte, ob er irgendwann einmal wie Kapitän Nemo mit einem eigenen Unterseeboot den Meeresgrund erforschen sollte. Unterseebootkapitän wäre bestimmt ein spannender Beruf.

Um dann aber auch wirklich den siebten Fjord von links zu erwischen, mussten sie mit dem Periskop nach oben schauen.

Von unten ließ sich nur schwer der Überblick behalten. Als sie zweimal kontrolliert hatten, ob sie auch wirklich beim richtigen Fjord abbogen, tuckerten sie hinein und stießen bald danach auf das Ende.

Erst einmal war Theophil erleichtert, wieder festen Boden unter den Füßen zu haben, auch wenn sie natürlich auf demselben Weg wieder zurück mussten, auf dem sie gekommen waren. Daran wollte er vorerst aber lieber noch nicht denken.

Theophil fröstelte. Obwohl August war, war es hier nämlich empfindlich kalt, es hatte nur knapp über null Grad. Und dazu blies ein schneidender Wind. Glücklicherweise hatte Svea ihm ihre dicke Winterjacke geborgt, ein Paar warme Fäustlinge sowie Schal und Mütze. Auch für Paul und Francesca hatte sie passende Wintersachen gefunden.

Also packten sich alle erst einmal ordentlich ein. Selbst Minerva bekam einen dicken Pulli mit hübschem Norwegermuster drauf, und dann konnte es weitergehen.

Erst mussten sie aber einmal diesen Wegweiser finden und der lag wahrscheinlich irgendwo über ihnen. Denn nach dem Strand stieg das Land steil an. Es war eine regelrechte Kletterpartie über einen engen, steinigen Weg die Klippe hinauf.

Als sie nach einer halben Stunde endlich oben angelangt waren, keuchten und schwitzten sie trotz der Kälte und der Wind rüttelte an einem Wegweiser, der ein paar Meter entfernt stand. Tatsächlich gab es nur eine einzige Richtung, in die kein Pfeil wies. Genau in diese nicht angezeigte Richtung führte ein schmaler, krummer Weg mitten ins Nirgendwo.

Minerva schien das schreckliche Wetter nicht das Geringste auszumachen. Sie lief beschwingt den Weg entlang, als wüsste sie ganz genau, wo es hinging. Dann und wann versenkte sie ihre lange Schnauze in irgendwelchen Erdlöchern und buddelte schließlich wie wild, wenn sie ein Geräusch vernahm. Ihr war es im Grunde ja ganz egal, wohin es ging, solange sie nach Lust und Laune herumtoben konnte. Deshalb war es umso seltsamer, als Minerva plötzlich stocksteif vor ihnen stehen blieb und in die Landschaft starrte. Als sie auch noch leise zu knurren begann, bekam es Theophil allmählich mit der Angst zu tun.

„Was hat sie denn?", flüsterte er.

Doch weder Paul noch Francesca wussten, was mit der Pudeldame los war. Bis sie sahen, was Minerva wohl schon längst bemerkt hatte. Ein Eisbär trottete heran, direkt auf sie zu.

„Keine Panik", sagte Paul. „Keine Panik! Keine Panik! Nur keine Panik!"

Aber das war natürlich leichter gesagt als getan. Theophil wusste beim besten Willen nicht, wie man in so einer Situation nicht in Panik verfallen sollte. Ein Eisbär kam auf sie zu! Ein waschechter Eisbär mit riesigen Tatzen und scharfen Zähnen. Kurz hoffte Theophil, dass er auch ein Teil der alten Zirkustruppe war, zahm und dressiert, aber das war wohl zu viel verlangt.

„Wir täuschen ihn", beschloss Francesca.

„Wie bitte?" Theophil schnappte nach Luft. „Wir täuschen einen Eisbären?" Er schüttelte den Kopf. „Und wie?"

„Wir tun so, als wären wir ein Riese, der ihn mit Leichtigkeit zum Bettvorleger machen könnte."

„Na klar!", höhnte Theophil. „Tolle Idee! Leider sind wir keine Riesen", stellte er klar.

Für Paul schien das allerdings kein Problem zu sein. Schließlich hatte er sein Leben beim Zirkus verbracht. „Gute Idee!", sagte er und nickte.

„Ich bin unten", entschied Francesca. „Du, Paul, kletterst auf meine Schultern. Schließlich kommen Theophil und Minerva und dann wird gebrüllt, was das Zeug hält."

„Wir bilden eine menschliche Pyramide", erklärte Paul Theophil.

„Das klingt nicht so, als würde es mir gefallen", entgegnete der Junge. „Ganz und gar nicht!", bekräftigte er.

„Willst du etwa am Boden sein, wenn der Bär bei uns ankommt?"

„Überredet", entschied Theophil umgehend und machte sich bereit.

Paul kletterte also auf Francescas Schultern und reichte Theophil die Hand, dem ganz ordentlich die Knie schlotterten.

Die beiden alten Zirkusleute würden hoffentlich wissen, was sie taten. Paul zog Theophil hinauf und hob ihn auf seine Schultern. Minerva hüpfte in Francescas Arme. Sie reichte die Hündin zu Paul hoch und dann brüllten alle wild drauflos. Sie schwankten und ruderten mit den Armen. Minerva heulte wie ein Wolf, bis der Bär langsamer wurde und schließlich unschlüssig stehen blieb.

Sie brüllten immer weiter, und als Francesca ihre alten Arbeitsgeräte

aus der Jacke zog, eine Fackel entzündete und einen Schluck Brandmittel nahm, um es dann in die Flamme zu pusten, hatten sie Erfolg. Die Stichflamme war nämlich auch von Theophils Warte aus beeindruckend. Der Bär nahm Reißaus und trollte sich.

In Nu waren alle wieder am Boden und führten einen Freudentanz auf.

„Puh!" Francesca lachte. „Das war ja knapp, aber so ein kleines Feuerchen hält sogar wilde Tiger fern."

„Wo hast du denn die Fackel her?", wollte Theophil wissen.

„Ich hab immer eine dabei. Man weiß ja nie, wozu man sie brauchen kann."

„Wenigstens ist es jetzt nicht mehr weit", sagte Paul und zeigte den Weg entlang.

Ein gutes Stück vor ihnen ragte ein Berg in den Himmel.

„Das muss es sein", jubelte Theophil. Das musste es einfach sein, er wollte nämlich keinesfalls noch einem anderen wilden Tier mit scharfen Krallen, spitzen Zähnen und knurrendem Magen begegnen.

Als sie näher kamen und nach einem Weg nach oben suchten, bemerkte Francesca schmale, bucklige Steinstufen. „Hier!", rief sie. „Hier geht's hinauf."

Es war ein wackeliger Aufstieg. Manchmal trat jemand bröckeliges Gestein los und Theophil musste sich immer wieder an der Wand festkrallen, bis sein Herz nicht mehr so stark klopfte und er weiterklettern konnte. Minerva erwies sich dagegen als äußerst geschickt und sprang die Stufen hoch wie eine Gämse. Glücklicherweise gab es in regelmäßigen Abständen Haken im Fels, an denen man sich zwischendurch festhalten konnte, und so schafften es schließlich alle nach oben.

„Also gut", schnaufte Paul und blickte sich um. „Dort ist tatsächlich eine Tür." Er überlegte und klopfte schließlich. „Dreimal lang, dreimal kurz und zweimal lang, oder?", fragte er, weil er sich nicht mehr genau an das Klopfzeichen erinnern konnte und die Tür verschlossen blieb.

„Nein, nein", widersprach Francesca. „Viermal lang, dreimal kurz und zweimal lang." Sie versuchte es sogleich, doch auch diesmal reagierte niemand auf das Klopfen.

Theophil schüttelte den Kopf. „Zweimal lang, dreimal kurz, viermal lang", meinte er, aber auch darauf kam niemand an die Tür.

„Wir hätten es aufschreiben sollen", meinte Paul und kratzte sich am Kopf. Also versuchten sie immer weiter alle möglichen Klopfvarianten, als irgendwann plötzlich die Tür aufgerissen wurde.

„Was soll denn dieses hirnlose Geklopfe hier?"

Das war also Sören. Und er sah aus, als wäre er selbst einem Märchen entsprungen. Er war ziemlich klein und unheimlich dünn. Er hatte einen langen weißblonden Bart und rote Augen. Sie waren tatsächlich rot, wie die von Lucifer, dem Albinokaninchen von Theophils Nachbarn.

Außerdem war jedes sichtbare Fleckchen Haut tätowiert. Auf seinem rechten Arm waren es sechs Herzen unterein- ander mit Namen drin. Fünf davon waren durchgestrichen.

Prinzessin Lilian, Prinzessin Anna, Prinzessin Fiona, Prinzessin Luisa, Prinzessin Brunhilda waren gestrichen. Prinzessin Isabella war wohl seine aktuelle Freundin.

Francesca, Paul, Theophil und selbst Minerva starrten Sören an wie eine Erscheinung aus einer anderen Welt.

„Hört gefälligst mit dem Starren auf!", fauchte er. „So etwas gehört sich nicht."

„Verzeihung", murmelten alle gleichzeitig.

„Was ist nun?", hakte Sören nach. Schließlich wollte er nicht hier draußen übernachten.

„Ophelia Lind hat uns geschickt", begann Francesca.

„Ah, die alte Vettel, also", erwiderte Sören und verzog missbilligend den Mund.

„Mein Großvater hat sich an ihrer Dornröschenspindel gestochen und schläft jetzt vielleicht die nächsten hundert Jahre", erklärte Theophil.

„Antischlafmohnsamen?", riet Sören.

„Das hat sie jedenfalls gesagt." Paul nickte.

„Die alte Vettel sollte besser auf ihr Zeug aufpassen", brummte Sören und schüttelte den Kopf.

„Das finde ich auch", eiferte sich Theophil. „Wir mussten den ganzen gefährlichen Weg auf uns nehmen. Wir hätten ertrinken können, erfrieren, abstürzen oder von einem Eisbären gefressen werden."

„Ihr habt Boris getroffen? Der hätte euch doch niemals gefressen. Ihr habt ihn bestimmt zu Tode erschreckt und jetzt traut er sich wahrscheinlich die nächsten Wochen wieder nicht hinaus." Er schaute alle böse an. „Menschen!", knurrte er und spuckte aus.

Dann verstummten alle wieder und warteten.

„Bezahlung!", blaffte Sören schließlich und Theophil reichte ihm die Zitronencupcakes. Er zählte sie und nickte. „Also gut", sagte er. „Ihr müsst aber mit mir kommen. Mein Kollege Ralf liegt mit der lila Grippe im Bett und allein kann ich Antischlafmohnsamen nicht holen."

„Lila Grippe?", fragte Theophil.

„Natürlich. Die gelbe wäre ja ein Klacks. Wegen der legt man sich doch nicht ins Bett." Dann griff er sich die Laterne neben der Tür und marschierte los. Hinein in die Dunkelheit. „Na los! Hopp! Hopp! Macht die Tür zu. Es zieht!", befahl er, weil sie keine Anstalten machten, ihm zu folgen.

Also eilten die drei mit Minerva hinterher. Hinein in einen felsigen Schacht, der direkt in den Berg getrieben war. In regelmäßigen Abständen steckten Fackeln in Eisenringen und schwärzten das Gestein.

„Gibt es hier denn keinen Strom?", wollte Francesca wissen.

„Natürlich gibt es hier keinen Strom! Denkt ihr, das hier sei ein Palast?"

„Aber man sieht ja kaum, wo man hinläuft", bemerkte Francesca.

„Ich finde mich hier blind zurecht", versicherte Sören. „Ich weiß ganz genau, wo jedes Körnchen zu finden ist.

Ist alles in meinem Kopf gespeichert." Er tippte sich an die Stirn. „Schließlich befinden wir uns an einem fürchterlich geheimen Ort. Sind ja nicht irgendwelche x-beliebigen Körner, die hier gelagert werden. Manche müssen unter Verschluss gehalten werden. Der Weltfrieden hängt davon ab."

„Von welchen Samen hängt der Weltfrieden ab?", wollte Theophil wissen.

„Von den Samen des Superman-Schlehdornbusches zum Beispiel. Nur eine einzige Frucht macht unbesiegbar. Ein gefundenes Fressen für jede Armee. Und dann gibt es noch die immerwährende Liebesnuss. Jeder wäre plötzlich in jeden verliebt. Das Chaos kann man sich vorstellen."

„Liebe ist doch etwas Tolles", widersprach Paul. „Das müssten Sie doch wissen, wenn man sich Ihre Tätowierungen so ansieht."

Sören betrachtete die Herzen auf seinem Arm.

„Ich habe eine Schwäche für Prinzessinnen", erklärte er. „Aber die sind doch ziemlich wankelmütig." Er seufzte. „Macht nichts", sagt er schließlich. „Nun geht's ab in die Lore. Also für zwei von uns, die anderen beiden müssen treten."

„Was ist eine Lore?", fragte Paul.

„Was heißt treten?", fragte Theophil.

„Eine Lore ist so ein kleiner Bergwerkswagen hier. Einer setzt sich rein, der andere tritt hinten, damit wir uns vom Fleck bewegen", erklärte er und nahm sogleich im ersten

Wagen Platz. Dann drehte er sich um. „Na los! Wir haben nicht ewig Zeit. Du kommst hierher", sagte er und zeigte auf Theophil, „und dein langer Freund treibt den hinteren Wagen mit der Rothaarigen an. Der Pudel kann zu mir rein."

Und als hätte Minerva jedes Wort verstanden, sprang sie zu Sören in die Lore. Theophil fügte sich in sein Schicksal, nahm auf dem Sitz dahinter Platz und trat in die Pedale. Der Anfang war ziemlich schwer. Die Räder knirschten und quietschten auf den Schienen, als wären sie schon seit Monaten nicht bewegt worden. Allmählich gerieten sie aber ins Laufen, und als es dann auch noch etwas bergab ging, nahmen sie endlich ein wenig Fahrt auf.

„Bei dem Tempo könnten wir ja Blumen pflücken am Wegesrand, wenn es hier drin Blumen gäbe", beschwerte sich Sören trotzdem.

„Sie können es ja versuchen", schnauzte Theophil zurück. Frechheit! Wieso musste er den anstrengenden Teil erledigen? Auserwählt dazu, sich abzurackern. Ganz toll! „Ich bin sicher, Sie können es besser. Ich überlasse Ihnen sehr gerne meinen Platz an den Pedalen."

„Pff!" Sören ignorierte den Vorschlag, lehnte sich stattdessen zurück und kraulte Minerva den Rücken.

Sie fuhren und fuhren an unzähligen Türen vorbei mit Schildern drauf: Betreten verboten oder Lebensgefahr. Theophil war aber viel zu sehr außer Atem, um fragen zu können, was es damit auf sich hatte.

„Noch ein Stück", teilte Sören bei jeder Kurve mit. „Noch ein Stück. Noch ein kleines Stück."

Es ging bergauf und bergab und es war kalt wie in einer Gruft. Theophil kam natürlich trotzdem ins Schwitzen. Sören allerdings schienen die niedrigen Temperaturen nicht das Geringste auszumachen. Er saß entspannt in der Lore und hatte nicht einmal eine Gänsehaut.

Und dann, bei der hintersten Kammer hob Sören plötzlich die Hand.

„Halt!", rief er und Theophil stieg auf die Bremse. Gemächlich kletterte Sören aus dem Bergwerkswagen, holte einen Schlüsselring aus seiner Tasche und steckte einen von unzähligen Schlüsseln ins Schloss.

Als die Tür knarrend aufschwang und Sören mit seiner Laterne in die Finsternis leuchtete, staunten die drei nicht schlecht. Der Raum glich einer riesigen Höhle, weitläufig und hoch. Regal an Regal, Fach neben Fach.

„Noch ein Stück", sagte Sören, als er vorneweg marschierte. „Noch ein kleines Stück. Ganz nach hinten, in den hintersten Winkel."

Und als Theophil schon dachte, sie würden diesen hintersten Winkel niemals erreichen, blieb Sören plötzlich stehen. „Wir sind da!", stellte er fest. „Am Ende des Regals, im obersten Fach lagert das Zeug."

Neben ihm hing ein Stuhl an einem Seilzug. Sören zog ihn bis ganz nach unten, setzte sich drauf und wartete.

„Was ist? Steht nicht so herum! Zieht mich gefälligst hoch!", verlangte er. Paul, Francesca und Theophil gehorchten und zogen gemeinsam. Glücklicherweise war Sören ein Fliegengewicht. Zu dritt war es ein Kinderspiel, ihn ganz nach oben zu ziehen und dort so lange zu halten, bis er ein Säckchen Antischlafmohnsamen aus dem Fach geholt hatte.

„Abwärts!", befahl Sören, als er alles verstaut hatte, und die drei ließen ihn sanft wieder zu Boden gleiten. „Und jetzt hurtig", sagte Sören und scheuchte sie aus dem Gang hinaus. „Wir schließen gleich."

„Sie werfen uns hinaus?", fragte Francesca.

„Selbstverständlich", antwortete Sören.

„Es ist praktisch mitten in der Nacht."

„Na und?"

„Es ist bestimmt schon dunkel und da finden wir den Rückweg ja niemals."

„Es ist doch nicht dunkel", widersprach Sören. „Schon mal was von Mitternachtssonne gehört?"

Er schüttelte den Kopf. „Und überhaupt! Das ist ja hier kein Hotel", fügte er hinzu.

„Ich bräuchte da noch etwas", unterbrach Theophil den Streit.

„Noch etwas?" Sören funkelte ihn an, die Stirn in ärgerliche Falten gelegt. „Und das ist dir nicht früher eingefallen?" Er blickte auf die Uhr. „Das kannst du vergessen. Nichts da. Dienstschluss."

„Aber wo wir doch schon einmal da sind", versuchte es Theophil noch einmal.

„Hast du denn noch weitere 37 Cupcakes?", wollte Sören wissen.

„Äh ... nein", musste Theophil zugeben.

„Dann komm wieder, wenn du welche hast." Kaum hatte er das ausgesprochen, wandte sich Sören auch schon ab und setzte sich in die Lore.

Theophil gab sich geschlagen. Seine eigene Schokkolizucht würde wohl ein Traum bleiben.

Ohne ein weiteres Wort scheuchte Sören dann alle hinaus, tätschelte Minerva den Kopf, kraulte sie am Hals und schon schloss er die Tür hinter ihnen ab.

Und wenn sie nicht gestorben sind ...

Die Mitternachtssonne machte ihrem Namen alle Ehre. Es war tatsächlich nicht dunkel, bestenfalls dämmrig und irgendwie grau. Den Rückweg zu finden, war also nicht schwer. Beim Strand unten legten sie sich erst einmal schlafen.

Theophil konnte aber einfach nicht einschlafen. Er lag in seinem Schlafsack und lauschte den Wellen, die an das Mini-U-Boot schlugen und es sanft schaukelten. Sie ankerten vor dem Strand und Theophil hoffte, dass sie in der Nacht nicht aufs offene Meer hinaustrieben.

„Wenn Schafe zählen nicht hilft, zähl Seepferdchen!", schlug Francesca vor.

„Das wird auch nicht helfen", flüsterte Theophil, weil er Paul nicht wecken wollte, der leise vor sich hin schnarchte. „Denkst du, Großvater wacht wieder auf?" Diese Frage quälte ihn schon den ganzen Tag. Was, wenn all die Mühen vergeblich waren und der Antischlafmohnsamen schlicht nicht wirkte?

„Selbstverständlich wacht er wieder auf", war Francesca überzeugt. „Dann wird er unheimlich froh sein, dich zu sehen. Und wenn er erst hört, was du alles geschafft hast..." Sie schaute Theophil ehrfurchtsvoll an. „Ja, wenn er das hört, dann platzt er glatt vor lauter Stolz und verteilt sich stückchenweise auf den schönen Rasen vor dem Schloss."

„Großvater ist nicht stolz auf mich", widersprach Theophil.

„Wie kommst du denn auf so einen Unsinn?", empörte sich Francesca. Sie setzte sich auf und blickte Theophil streng an. „Ich bin nicht sportlich und nicht mutig. Nicht so, wie Kinder eben sein sollen."

„Du bist zu hundert Prozent so, wie du sein sollst", stellte Francesca klar. „Dein Großvater sieht das ganz genauso."

„Aber er will immer, dass ich mehr Bewegung mache und abenteuerlustiger bin", beschwerte sich Theophil.

„Ach was!" Francesca winkte ab. „Alte Leute nörgeln eben gern." Sie grinste. „Er findet Bewegung nun mal lustig, hat wohl als Kind einen Gummiball verschluckt."

„Ich hab wohl einen Bücherwurm und Vielfraß verschluckt", murmelte Theophil.

„Wirklich? Ist mir gar nicht aufgefallen", behauptete Francesca. „Ich dachte ja, da wär ein Mini-U-Boot-Fahrer, eine Menschenpyramidenspitze, ein Drachenflieger und ein Kletterer in dir drin. Und wer weiß, was noch alles. Wenn man dich aufschneidet und in dich reinschaut, findet man am Ende noch einen Schlangenbeschwörer oder einen Höhlenforscher dort drinnen. Womöglich sogar einen Kopfstandweltmeister und Krokodilzähneputzer."

Theophil kicherte. „Das zählt doch alles nicht, ich hatte ja keine Wahl", entgegnete er.

„Man hat immer eine Wahl", versicherte ihm Francesca und drückte ihn an sich. „Wie zwischen Apfelstrudel und Stinkmorchel. Und du hast dich eben für die Stinkmorchel entschieden."

„Vielleicht ein bisschen", räumte er ein. „Aber was, wenn es nicht reicht?"

„Papperlapapp! Du kannst bestimmt noch ganz viel Zeit mit deinem Großvater verbringen", versicherte ihm Francesca.

„Wie kannst du so sicher sein, dass er wieder aufwacht?"

„Bisher sind wir nicht vom Bären gefressen worden, nicht abgestürzt und nicht mit dem Mini-U-Boot im Bauch eines Wals gelandet." Sie seufzte. „Den Rest schaffen wir auch noch. Mach dir keine Sorgen!"

Dann legten sich beide hin und schliefen bald ein.

Auf dem Rückweg steuerte Theophil das Mini-U-Boot schon viel entspannter. In so einem Meer war ganz schön was los. Schwimmkrabben, Ottermuscheln und sogar eine schön leuchtende Vielfraßqualle. Alles lief reibungslos, sodass sie am nächsten Nachmittag vor dem Lind-Anwesen vorfuhren. Und dort trauten sie ihren Augen nicht. Auf der Terrasse vor dem Haus saßen Ophelia Lind, Svea, Berta und ...

Theophil musste zweimal hinschauen. Kein Zweifel. Großvater Waldemar saß dort und ließ sich ein Glas Eistee schmecken. Alle lachten. Sie unterhielten sich offenbar blendend.

„Aber wie ...", begann Theophil.

„Du alter Haudegen!", rief Paul und umarmte seinen Freund, der ihnen freudig entgegengekommen war.

„Du bist ja putzmunter", freute sich auch Francesca.

„Oh ja", bestätigte Opa Waldemar. „Ich hab geschlafen wie ein Baby und fühle mich wie neugeboren."

„Aber wie ist das möglich?", wollte Theophil wissen. Sollten all die Anstrengungen, die Mühen und überstandenen Gefahren vollkommen überflüssig gewesen sein?

Minerva interessierte das natürlich wieder einmal nicht im Geringsten. Sie sprang an Opa Waldemar hoch und leckte ihm über das Gesicht.

„Keine Ahnung", sagte der alte Ringelblum. „Ich bin vor einer Stunde aufgewacht."

Ophelia Lind zuckte mit den Schultern. „Was denn?", fragte sie in einem betont unschuldigen Tonfall. „Die Spindel ist über zweihundert Jahre alt. Nach so langer Zeit kann schon mal etwas von der Wirkung verloren gehen."

„Etwas?", höhnte Theophil. „Eineinhalb Tage Schlaf anstelle von hundert Jahren?"

„Du bist aber sehr pingelig", tadelte ihn die alte Dame. „Was regst du dich überhaupt so auf? Ist doch nichts passiert. Ihr seid ja alle wieder heil zurückgekommen."

Theophil schnaubte. Ihr Verdienst war das nämlich nicht.

„Hauptsache, wir sind alle wieder wohlbehalten zusammen", freute sich Opa Waldemar und drückte seinen Enkel fest an sich. „Aber jetzt setzt euch erst einmal und est etwas. Ihr müsst ja hungrig sein. Dabei könnt ihr uns gleich erzählen, was ihr alles erlebt habt."

Und dann kam er aus dem Staunen nicht heraus, bei all den verrückten Geschichten, die ihnen da aufgetischt wurden.

„Der tollkühne Theophil!", jubelte er und lachte. „Ich wusste ja immer schon, was alles in dir steckt."

„Pff!", schnaubte Ophelia Lind. „Mehr Glück als Verstand", grummelte sie.

„Das haben die drei doch toll gemacht", fand Svea. „Und sie haben sogar ein ganzes Säckchen Antischlafmohnsamen mitgebracht."

„Nur braucht ihn jetzt keiner mehr", bemerkte Ophelia Lind. „Wer weiß, wenn du bei langweiligen Familientreffen wieder einmal am Einschlafen bist, kannst du dir ein wenig davon in dein Getränk streuen, und schon bist du wieder putzmunter, auch wenn Oma noch so langweilige Geschichten erzählt."

„Gute Idee", sagte Ophelia Lind und grinste. Und weil sie besonders gute Laune hatte, lud sie alle ein, noch ein paar Tage zu bleiben. „Svea braucht ein wenig Abwechslung", erklärte sie, als alle überrascht aufblickten.

Sie waren gleich einverstanden. Wann hatte man schon die Gelegenheit, in einem Schloss zu wohnen? Und die nächsten Tage waren toll. Das Anwesen hatte eine Menge zu bieten. Einen Tennisplatz hinter dem Haus, einen großen Schwimmteich, ein eigenes Hauskino und natürlich das

Karussell nicht zu vergessen. Außerdem hatten Svea und Theophil eine Menge Spaß dabei, den sprechenden Spiegel von Schneewittchens Stiefmutter mit lästigen Fragen in den Wahnsinn zu treiben.

Spieglein, Spieglein an der Wand! Wer ist die Gescheiteste im ganzen Land?

Wer ist der Hässlichste im ganzen Land?

Wer hat die glattpolierteste Glatze im ganzen Land? Wer ist der hübscheste Pudel im ganzen Land?

Wer kocht den besten Pudding im ganzen Land? Wer hat die meisten Falten im ganzen Land?

Das ging ein paar Tage so, bis der Spiegel genug von all der Fragerei hatte und vor Wut einen Sprung bekam. Dann lockten sie mit der Flöte des Rattenfängers sämtliche Nager der Umgebung an, was Ole vor lauter Angst auf den höchsten Schrank trieb und Matilda, die Hausdame, zum Besen greifen ließ.

Das Beste war aber das Essen. Dieses Tischlein-deck-dich-Tischlein war nämlich der beste Koch auf der ganzen Welt. Es zauberte jedes Gericht, das man sich nur wünschte. Theophil aß so viel Schokoladeneis mit Streuseln und Himbeersauce, dass ihm beinahe das Gehirn einfror.

„Gibt es hier eigentlich einen bösen Wolf?", wollte er irgendwann wissen, während er sein Eis löffelte.

„Nein", antwortete Svea. „Zumindest bin ich ihm noch nicht begegnet." „Und einen netten Wolf auch nicht?" Für Theophil machte das nämlich im Grunde keinen großen Unterschied. Wolf blieb Wolf. Er wollte da kein Risiko eingehen.

Svea überlegte.

„Es gab hier einen zahmen Fuchs. Er hieß Lasse und war ziemlich gemein. Der kam einem bösen Wolf wahrscheinlich am nächsten. Aber er ist vor einem halben Jahr gestorben. Er war schon unheimlich alt, schneeweiß um die Schnauze und ziemlich tattrig. Am Ende konnte er kaum noch sehen." Sie seufzte. „Ich vermisse ihn doch sehr."

Das konnte Theophil sich gut vorstellen. Er würde Minerva auch sehr vermissen, wenn sie irgendwann nicht mehr da wäre. Noch sprang sie aber quietschfidel einem Ball nach, den Opa Waldemar und Paul abwechselnd für sie warfen. Berta und Ophelia Lind ruhten unter einem Sonnenschirm und erzählten sich gegenseitig Witze, bis ihnen vor

Lachen die Tränen über die Wangen liefen. Danach pflanzten sie die Samen aus dem Fläschchen ein, das in Waldemar Ringelblums Safe verwahrt gewesen war.

„Sobald klar ist, was da heranwächst, werde ich es euch wissen lassen", versicherte Ophelia Lind.

Theophil war glücklich. Alles war gut ausgegangen. Die Gefahren waren überstanden. Wäre diese Geschichte, seine Geschichte, jetzt ein Märchen, dann endete sie mit den Worten: Und wenn sie nicht gestorben sind ...

Doch natürlich war Theophils Leben kein Märchen und mit einem Großvater wie dem wirbelnden Waldemar stand am Ende jedes Abenteuers schon der Beginn des nächsten. Und als der alte Mann sich jetzt neben Theophil in den Stuhl sinken ließ, um sich ein Glas eiskalten Eistee zu genehmigen, lächelte er seinen Enkel vielsagend an.

„Irgendwo vor der Küste soll eine Mühle am Meeresgrund liegen, die jede Speise herstellen kann, die man sich nur wünscht."

Theophil schluckte den Köder nicht. Er schwieg.

„Bis jetzt hat sie noch niemand gefunden."

„Und?" Theophil tat so, als ob er nicht verstünde, worauf sein Großvater hinauswollte.

„Wo wir doch schon mal hier oben sind und noch dazu ein Mini-U-Boot dabeihaben ...", sagte er und Theophil seufzte.

Geschichten waren toll, fand er. Ob man sie nun las oder selbst erlebte, also stach Theophil eine Woche später mit

seinem Großvater in See. Als er dann nach weiteren zwei
Wochen wieder zu Hause war, mussten seine Eltern ihm
als Erstes eine gläserne Wabe ganz oben auf das Wabenhaus setzen.

Von Svea kam bald Post. Ein Brief und ein kleines Töpfchen
samt Pflanze drin.

Lieber Theophil!
Du wirst nicht glauben was aus
den Samen herauswächst. Du wirst
es schlichtweg nicht glauben
und deshalb verrate ich es Dir nicht.
Nur so viel: Wenn Dich mal jemand
verhauen will, zerkau eine
blaue Beere und warte ab was
passiert. Das wird eine luftige
Angelegenheit, das kann ich Dir
versprechen! Viel Spaß!
Deine Svea.

Die Reise hatte Theophil verändert. Er war tatsächlich mutiger geworden, zumindest ein bisschen. Natürlich nicht, wenn es um Spinnen ging oder um die Geisterbahn. Auf jeden Fall aber mutig genug, um seinen Großvater so bald wie möglich wieder zu besuchen. Seinen Großvater, die feurige Francesca, den biegsamen Paul und die bärtige Berta.

Vor allem abends dachte er an die vier. Wenn er mit Lumi vor dem Schlafengehen noch in der gläsernen Wabe lag und sie gemeinsam die Sterne betrachteten.

„Erzähl mir noch einmal, was du alles erlebt hast!", verlangte sie dann oft, während sie den Luftgitarrenweltmeisterschaftspokal auf Hochglanz polierte.

Dann erweckte Theophil unter dem glitzernden Nachthimmel alles wieder zum Leben: das gelbe Dorf, die blauen Schnecken und den Eisbären, die Kryptosamenbank, die geheimnisvollen Kühe oder Dornröschens Spindel. Oder sie lasen einander einfach Geschichten vor. Geschichten von Drachen, Trollen, sprechenden Tieren oder Waldfrauen. Geschichten, die sie vielleicht irgendwann genauer erforschen würden.

Und wenn sie nicht gestorben sind, dann liegen sie noch heute in ihrer gläsernen Wabe und erforschen eine Welt voller Magie, Tollkühnheit und unglaublicher Abenteuer.

Inhalt: